Den ofrivilliga jägaren

Till min familj, ni vet vilka ni är!

Jenny Momquist

Den ofrivilliga jägaren

© 2022 Jenny Momquist
Illustration & utformning omslag: Emma Graves
Boken finns utgiven som digital ljudbok via Lind & Co
Förlag: BoD – Books on Demand, Stockholm, Sverige
Tryck: BoD – Books on Demand, Norderstedt, Tyskland
ISBN: 978-91-8027-001-4

Måndagen den 28:e september 2020 - Greta

Det pirrar till i magen. USB-minnet slinker ner i handväskan. Greta stänger av datorn och rättar till pennorna på skrivbordet en sista gång. Hon ser sig om i rummet. Pärmarna i bokhyllan är organiserade efter årtal, anslagstavlan är rensad och skrivbordet rent, förutom raden av pennor som ligger prydligt färgsorterade. Greta reser sig, nyper av ett visset blad från pelargonen i fönstret och stänger dörren bakom sig. För sista gången ser hon skylten *Greta Jansson – administratör.*

Vilken kamp hon hade för att få smeknamnet på dörren. Länge stod det Margaretha och varje gång hon kom till jobbet funderade hon över vem det var. Pappa började säga Greta och sedan blev det bara så. Margaretha användes bara av mamma, när hon var arg. Pappa blev aldrig arg på henne, hon var hans flicka och hängde med honom överallt. Utom på jakten, hon kunde för sitt liv inte förstå varför man måste döda djur och det rubbade hela hennes världsbild när hon första gången insåg att hennes älskade pappa var jägare. En skicklig sådan. I protest blev hon vegetarian och har så förblivit.

”Hej då!” Greta ropar nerför korridoren och får svar från några av rummen. Andra är tomma då de precis fått in ett larm om en större trafikolycka vid Bergviksmotet och flera av poliserna åkt dit. Avtackningen skedde på tio-fikat, med prinsesstårta, blommor och en vas från Kosta Boda. Guldklockan fick hon för 22 år sedan. Det värker till i magtrakten, hon kommer sakna jobbet. Arbetet i receptionen på polishuset startade direkt efter studentexamen, sedan blev en plats ledig på administrationen och så hade 47 år gått. Telefonen ringer och Greta rotar fram den ur väskan medan hon går trappan ner till entrén. Hon trycker på svara samtidigt som hon vinkar till Janne i receptionen och blir utsläppt. Lämnar den röda tegelbyggnaden för sista gången.

"Hej mamma! Hur känns det att äntligen bli pensionär?" Emelies röst är glättig, hon vet mycket väl att Greta inte sett fram emot detta. Att hon arbetat ett år till efter 65-årsdagen. Hade tänkt jobba ännu längre, men så dök en möjlighet upp som inte gick att tacka nej till. Nu fanns det äntligen tid att ta tag i projektet som legat och väntat i snart 30 år. Hon klappar på handväskan där USB-minnet ligger.

"Hej älskling. Jag lämnade precis jobbet så jag har inte hunnit känna efter." Greta kryssar sig fram mot cykelställen. Trött på det eviga byggandet och alla avspärrningar. I alla fall något hon inte kommer sakna.

"Har du hunnit titta något på papperna jag skickade dig?"

Greta har inte hämtat dagens post än, men kan mycket väl tänka sig vad det är för papper. Den senaste månaden har dottern skickat en mängd broschyrer från PRO och olika studieförbund om kurser, dans och kulturella evenemang.

"Som jag sa, jag har precis gått från jobbet…" Greta hinner inte avsluta meningen innan Emelie fortsätter.

"Det kommer bli skönt för dig att hinna göra allt du alltid drömt om."

"Ja precis, det…"

"Och så får du mera tid för barnbarnen också. Wilma och William längtar efter mormor."

Greta hinner precis svälja en suck. Biter ihop om sin vanliga kommentar. Det skulle du tänkt på innan du flyttade till Stockholm. Den diskussionen har de haft förut. Sandra och Andreas är båda kvar i Karlstad, så det är nära till dem. Fast Sandra har inga barn ännu. Greta hoppas innerligt att hon ska få flera stycken, bara inte med sin nuvarande pojkvän. Dottern kan få någon mycket bättre.

"Så, har du anmält dig till någon kurs än? Jag såg på nätet att Norrstrandskyrkan har en kör också, du har ju alltid haft en sådan fin röst." Emelie pratar som alltid mycket fort och både på in- och utandning. Som att hon är rädd att inte hinna säga det hon vill få sagt innan någon avbryter. Kanske blir så med två småsyskon som pratar på och tar plats.

"Tack för omtanken, men jag har inte hunnit. Det har varit mycket på jobbet, finns en del att avsluta när man jobbat 47 år vet du."

Det vet förstås inte Emelie, hon får nog aldrig någon guldklocka. Verkar svårt för henne att behålla ett jobb längre än ett år, det är ständiga projekt och vikariat som inte blir förlängda. Nu hoppas hon dock få fast tjänst på nuvarande stället, något som vore bra för alla.

"Jag måste sluta nu, ska cykla hemåt." Greta ryser till, vinden är kall och det märks att hösten är här.

"Okej, men jag hoppas vi får besök i kungliga huvudstaden snart. Du vet att vi har en bäddsoffa i vardagsrummet."

Väl hemma tömmer Greta brevlådan och tar med sig posten in i köket. Där ligger ett tjockt kuvert från dottern, med utskriven information om drejning, bingo och kyrkans aktiviteter. Allt hamnar i pappersåtervinningen med en sorgsen tanke på de tid som offrats i onödan. Emelie är inte den enda som tycker att en pensionär ska gå på bingo, baka kakor och delta i den årliga kyrkbasaren. De pikarna har även kommit från kollegor och grannar. Men Greta har helt andra planer.

I posthögen ligger också senaste numret av *Jakt och Jägare*. Den är adresserad till Kristina Nilsson, på denna adress. Greta bläddrar förstrött i den, men stelnar till när hon ser en bild på ett rådjur som hänger i ett träd, uppsprättat från topp till tå. Det vänder sig i magen och hon kastar tidningen ifrån sig. Efter det som hände pappa är hatet mot jakt och jägare ännu större.

Hon reser sig och tar ett glas vatten för att skingra tankarna. Känner stanken av blod och inälvor i näsan, som pappas kläder luktade när han kom hem. Tänk att luktminnet sitter kvar efter så många år. Greta tar ett djupt andetag och ser sig om i köket som är lika prydligt som när hon åkte hemifrån i morse. Frukostdisken står i diskstället och inga smulor finns på bordet eller köksbänken. Annat var det när barnen bodde hemma. Hur fint köket än var när hon gick till jobbet tidigt på morgonen, så låg det alltid kladdiga smörknivar bland brödsmulor och ostkanter på bordet och diskhon var full av glas, koppar och tomma förpackningar när hon kom hem. Det hugger till i bröstet av saknad.

Greta hoppar till när telefonen ringer. Var är den nu då? I handväskan förstås, hon rotar runt en bra stund. Rensa och sortera innehållet är en av de första sakerna att ta tag i som pensionär. Handen greppar något som inte brukar ligga där, USB-minnet, det måste läggas på ett säkert ställe. Vore en katastrof om någon hittade det och fick se innehållet. Telefonen fortsätter ringa. Där är den äntligen.

”Hallå.”

”Är det Kristina Nilsson?”

Greta blir förvånad först, men hämtar sig snabbt. Tur att hon inte svarade med namn.

”Ja, det är jag.”

”Vad bra att jag fick tag på dig. Åke heter jag och ringer från Deje jaktlag. Jag tänkte välkomna dig in i gänget och bjuda in dig till älgjakten som börjar om två veckor.”

Tisdag - Greta

Greta sitter vid frukostbordet med *Nya Wermlands-tidningen* framför sig. Kaffet är urdrucket och de två smörgåsarna med ost och gurka uppätna. Fingrarna trummar mot bordet. Idag har hon tagit sovmorgon, i stället för 06.00 vaknade hon 06.07. Panikkänslan av att vara sen, ha försovit sig, fick det att sticka i fingrarna och pulsen kändes ända upp i hårfästet. Insikten att inte ha någon tid att passa var riktigt skön, men efter två och en halv minut tog rastlösheten över.

Nu är klockan 08.04 och frukosten är uppäten, tidningen läst, blommorna vattnade, strumplådan sorterad och grusgången rensad. Det var lika bra att dra upp ogräset hon såg på väg till brevlådan. Var nog årets sista. Borde kanske flyttat från huset som är lite stort för en person. Men det är så trivsamt. Greta tycker om villan på Egnahemsgatan med närhet till älven. Vet vilka grannarna är, även om de inte umgås så mycket. Och lånen är avbetalda med Bengts livförsäkring, så billigare boende går inte att få.

Greta ser sig omkring där hon sitter. Köksluckorna är original, det var en självklarhet att spara dem när köket renoverades. Bengt muttrade lite, men gick sedan med på det, som han brukade. De är målade i lindblomsgrönt, en poetisk färg. Spetsgardinerna som fanns i en låda efter mamma passar bra ihop med pelargonerna i fönstret och silar solens strålar på ett fint sätt. Trasmattan på golvet har också inslag av grönt. Den kom dit så fort Sandra flyttat ut. Det går ju inte att ha mattor i ett kök när man har barn hemma, blir fläckar direkt. Klockan på väggen tickar, ett ganska trivsamt ljud i vanliga fall, men nu är det påfallande högt. Påminner om sekunderna som går. Kylskåpet brummar lite, har det alltid varit så? Hon har nog aldrig suttit still tillräckligt länge i köket för att lägga märke till ljudet.

Nej, det här går inte! Hon har ett uppdrag, något som måste utföras. Finns en del förberedelser kvar. Kommer bli intensivt när jakten väl drar i gång. Innan dess ska dokumenten läsas för att försöka hitta ledtrådar. Allt annat är förberett. Jägarexamen tog hon via internet, det är smidigt nu för tiden. Bara provet och de tre uppskjutningarna som behövde göras på närmsta skjutbana. Men det klarade hon, eller Kristina, galant. Vapen var lätt ordnat, pappas vapenskåp har stått i källaren sedan mamma sålde huset. Att ordna en vapenlicens var heller inga problem när man jobbar på polishuset, även om det tog emot. Greta hade aldrig tidigare utnyttjat sin ställning, var alldeles för rädd om jobbet.

Dags att sätta i gång med projekt Hitta sanningen. Nu äntligen ska de hemligstämplade dokumenten läsas. Disken får vänta, det kittlar till i magen av tanken. Den blommiga duken är fri från smulor, så den behöver inte skakas. Greta hämtar datorn, som hon fått ta över efter sonen. Var hamnade USB-minnet när handväskan rensades igår kväll? Efter lite letande hittar hon det bakom *Krig och fred* i bokhyllan. En anteckningsbok är inköpt också, speciellt för detta. En med ränder som är bäst när man ska skriva. På framsidan är en vacker bild av en tallskog. Greta fick titta noga i affären för att se om det var ett foto eller en målning. En mycket skicklig konstnär som målat. Kanske Lerin. På första sidan har hon skrivit *Gretas utredning* med sin finaste skrivstil, det ser proffsigt ut.

Hon slår sig ner vid köksbordet igen och öppnar datorn. Det tar en liten stund innan den kommer i gång och när hon stoppar in

USB-minnet ringer telefonen. Hon svarar med blicken kvar på datorskärmen.

"Hallå det är Greta."

"Hej mamma!" Yngsta dottern låter mycket ynklig.

"Sandra, älskling, vad är det som har hänt?"

"Kalle, han har..." Rösten övergår i snyftningar så Greta hör inte fortsättningen.

"Gumman, ta några djupa andetag och berätta vad det är." Hon reser sig och tar en kopp kaffe från termosen. Det är alldeles för tidigt för 10-kaffe, men en pensionär behöver inte följa jobbets tider. Kanske hinner dricka ännu en kopp innan tio. Vara lite rebell.

"Kalle har... han har hittat... det är så hemskt... en annan..." Sandras röst hackas sönder av gråtandetag.

"Älskade gumman, vad är det du säger?" En liten strimma av hopp tänds i Greta. Är dottern äntligen av med sin pojkvän?

Sandra andas ljudligt i andra änden.

"Han har blivit kär säger han. På riktigt. I en kollega." Här bryts rösten igen.

"Ska du ta och komma hit ett tag och bo hos mig?" Precis när Greta säger orden ångrar hon sig. Hur ska det gå att åka i väg på älgjakt utan att bli avslöjad om någon bor i huset? "Eller ska jag baka något gott och komma över till dig en stund? När du var liten fungerade mina kakor alltid som tröst."

"Nej, jag tror jag behöver vara själv. Jag har sjukanmält mig på jobbet. Kalle ska komma och hämta sina grejer också."

Gretas axlar sjunker ner och hon ställer ifrån sig kaffekoppen. Det dåliga samvetet gnager, hon borde inte vara glad över att dottern inte vill ses, men vill så förtvivlat gärna komma i gång med efterforskningarna.

"Okej, men lova att ringa om det är något."

"Du kanske kan komma ikväll. Med din berömda choklad-kaka." Rösten har en lite annan ton nu.

"Absolut gumman. Och du, förlusten är hans, kom ihåg det."

Hon hör hur Sandra börjar snyfta igen och skyndar sig att lägga på.

Glad över att ha dagen på sig för sitt projekt. Chokladkakan tar en kvart att slänga ihop och sedan ska den stå en timme i ugnen. Men då hinner hon fixa annat under tiden.

Greta riktar all sin uppmärksamhet mot datorn och öppnar det första av de dokument hon överfört från databasen på jobbet. Nu äntligen ska sanningen fram. Eftersom hon trivts så bra på sitt jobb ville hon inte riskera något medan hon var kvar. Men vad ska de göra om de kommer på henne nu? Avsked på vitt papper? Greta fnissar för sig själv.

Då ringer telefonen igen.

"Mamma, det är kris!" Sonens röst är stressad, han som brukar vara så lugn.

"Andreas, vad är det som händer?" Greta har svårt att ta blicken från orden på skärmen.

"Selma har feber, så hon kan inte gå till förskolan. Och både jag och Sofie har föreläsningar hela dagen."

Hon hör hur han stökar med något, förmodligen packar han jobbväskan, den han fick i julklapp förra året.

"Jaha, vad ska…"

"Vi kom på att du kanske kan komma, du är ju pensionär nu. Grattis förresten. Jag hade tänkt ringa igår, men rättade tentor till midnatt." Andreas kväver en gäspning.

"Jag har lite andra planer."

"Snälla mamma, det skulle verkligen rädda oss. Sofies föräldrar skulle ställa upp, om de inte bodde så långt bort."

Där kom det igen. Sofies föräldrar skulle vara så himla underbara om de inte bodde i Hudiksvall. Alltid lättare att vara engagerad på avstånd.

"Jag kommer. Behöver jag ta med något?" Greta stänger ner dokumentet.

"Tack! Nej, allt finns här. Vi ses snart då."

Greta slår igen datorn med en suck och lägger tillbaka USB-minnet bakom boken i hyllan.

Onsdag - Sandra

Äta chokladkaka i sängen till frukost kan man bara göra när man är singel. Kalle hatade smulor i lakanen och ville aldrig ha mysfrukost i sovrummet. Sandra smular lite extra, bara för att. Speciellt på den sida som brukade vara hans. Ligger en stund och tittar på smulorna. Tar en bit chokladkaka till. Skriver upp det på listan över bra saker med singellivet som Elin tipsade henne att göra. Testar att lägga sig på tvären i sängen. Det fungerar utmärkt och blir nummer två på listan. Första dagen på singellivet och redan två saker uppskrivna. Det ska nog gå bra det här. Boken är nyköpt, randig förstås, alltid bäst när man ska skriva. Den har en vacker skogsbild på framsidan. Skogen är en favoritplats. Kunna gå i skogen precis när man själv vill, skrivs upp på den tredje raden i anteckningsboken.

Sandra ser sig om i rummet som ser tomt och kalt ut. Där Kalle brukade ta plats och ha sina grejer, alltid mycket välordnat och organiserat, är det nu tomma hål. På nattduksbordet visar bara en ring i dammet att hans vattenglas stått där. Några tavelkrokar på väggen, ena garderoben helt tom, inga prydligt ihop-vikta kläder på stolen i hörnet redo för dagen. Sandra reser sig upp och flyttar över hälften av sina kläder till hans garderob samt lägger några av sina halvanvända plagg på stolen. I en slarvig hög, verkligen inte vikta. Ha sin egen ordning blir punkt nummer fyra. Köpa hur mycket kläder man vill nummer fem. Inte för att hon egentligen handlar så mycket. Blir mest second hand-grejer eftersom det är bättre för miljön och så kan hon hitta sådant som ingen annan har.

Men vad gör man sedan? Efter frukost. I vanliga fall brukade Kalle ha en plan för vad som skulle göras under dagen och helgerna gick väldigt fort. Det var bara att hänga med. Ofta saker han tyckte om att göra. Städa var en favorit. Eller gå på sportbar. Umgås med hans trista kompisar. När gjorde de senast något som hon fått välja? Sandra tar upp kudden från Kalles sida av sängen, knycklar ihop den och kastar den över rummet. Önskar att hon sparat några av hans saker, skulle vara skönt att gå loss på dem med en sax.

Hon tar ett djupt andetag. Tänk att äntligen få bestämma helt själv vad som ska hända. En dag full av möjligheter som brer ut sig framför fötterna, som en matta, randig i all världens färger. Idag är det i och för sig inte helg, men sjukanmälan till jobbet gäller en vecka. Sedan behövs ett läkarintyg och det är nog svårt att få för brustet hjärta. Hotellet har en massa folk som vill ta extrapass, så de har nog inga problem att fylla platsen i receptionen.

Vad ska denna dag föra med sig? Kanske en långpromenad. Det borde finnas trattkantareller nu. Sortera om i köket, för att dölja de tomma ytorna. Ringa en vän, fast alla jobbar förstås en vardag. Kolla om tvättstugan är ledig, det skulle verkligen behövas. Sandra lägger sig i sängen igen. Utmattad av tankarna på vad som är möjligt. Lite lätt illamående efter all choklad. Hon drar täcket över huvudet och somnar om.

Telefonen ringer, Sandra svarar yrvaket.

”Hallå…”

”Hej Mini!” Emelies överhurtiga röst i andra änden och det förhatliga smeknamnet.

”Sluta kalla mig Mini! Jag är över 30 nu!” Genast är hon väldigt vaken och på sin vakt. Sätter sig upp i sängen. Varför ringer systern nu? Från jobbet? Det brukar hon aldrig göra.

"Hur är allt med dig?"

"Helt okej." Sandra gör sitt bästa för att låta vanlig.

"Okej? Jag hörde av mamma att du blivit dumpad."

Varför har mamma sagt det till henne? Sandra ville berätta själv, efter ett tag, när allt kändes mer stabilt. Gärna när hon hittat en ny kärlek. När nu det skulle bli. Om det skulle bli snarare.

"Hallå? Du kan väl svara."

"Vad vill du jag ska säga? Lite tråkigt förstås, vi hade ändå varit ihop i tre år." Sandra tar en bit kaka, behöver energi för att klara sig igenom samtalet.

"Tur att ni inte har barn. Då blir allt så mycket svårare." Emelie suckar.

"Ja, såklart." Det är alltid mest synd om Emelie, som vanligt.

"Du kanske ska komma till Stockholm några dagar. Barnen saknar sin moster och du och jag skulle kunna göra stan. Shoppa lite på dagarna. Jag kan säkert ta några timmar ledigt."

"Det låter mysigt, men jag orkar nog inte ta mig dit just nu. Har en del att ordna med och så har jag jobbet." Sandra skriver *INTE ÅKA TILL STOCKHOLM* i sin bok. Emelie kan vara svår att säga nej till, så det blir understruket med tre streck.

"Du verkar inte jobba nu i alla fall." Emelie har den typiska storasyster-rösten som Sandra hatar. "Så det kanske inte är så svårt att få ledigt trots allt."

"Hotellet får alltid mer folk på höstlovet." Sandra hör själv att hon inte låter övertygad.

"Kom en långhelg. Då behöver du inte ta så mycket ledigt. Jag och Mattias skulle behöva lite vuxentid också. Om du kommer upp kan du vara med barnen några kvällar så vi kan gå ut. Du anar inte hur lite tid man får över när man fått barn. Vi hinner aldrig prata med varandra. Det är jobbigt när man inte har sin familj i närheten. Ni andra har nog svårt att förstå, som alla bor i samma stad och kan ses när ni vill."

Denna ramsa är inte ny och brukar följas av att Sandra faller till föga och bokar en tågbiljett. Men inte denna gång. Hon gör ett fjärde streck under orden i boken.

"Det låter jättetufft verkligen, men du valde själv att flytta eller hur. Nu vill jag inte prata mer, jag har fullt upp med att sörja mitt avslutade förhållande." Sandra lägger på för att slippa höra systerns protester.

Telefonen ringer direkt igen, Emelie, men det får ringa. Hon sätter telefonen på ljudlöst och går upp ur sängen. Dags att ta tag i denna dag, innan den är slut. Ska nog åka och köpa färg och måla om vardagsrummet. Lila, en färg Kalle inte tål. Måla om blir punkt sex i boken. Men först lite till av mammas chokladkaka som sen lunch.

Torsdag - Emelie

"Kan du komma in till mig efter lunch, vi behöver prata." Marikas röst är som vanligt bestämd, men avslöjar inget om vad samtalet ska handla om.

"Vi kan ta det nu annars." Emelie kommer inte få ner en enda tugga innan hon vet vad chefen vill ta upp. Anar att det gäller förlängningen av vikariatet, som förhoppningsvis ska bli en heltidstjänst. Vore underbart skönt med en fast anställning. Emelie är värd en efter alla år med vikariat och tillfälliga jobb varvat med studier för att få ekonomin att gå ihop. Även om man verkligen inte lever fett på studielån, speciellt inte med två barn.

"Jag har ett annat möte nu, så vi ses klockan ett." Marika vänder sig om och går utan att invänta svar.

"Okej, det blir bra." Emelie skickar genast ett sms till Cecilia och frågar om de ska luncha. Lite onödigt att messa, då hon sitter i rummet bredvid, men det går snabbare så.

"Vad tror du hon vill prata om?" Ciabatta-biten växer i Emelies mun och känns omöjlig att svälja ner. Magen drar ihop sig, som alltid vid stress och oro. Bröd är inte det bästa att äta då, men detta är favorit-caféet och de serverar bara mackor.

"Du ska säkert skriva på anställningspappren. Jag hörde av någon, jag minns inte vem, att Marika blir kvar som teamchef." Cecilia tar en stor klunk av sin varma choklad och en mini-marshmallow hänger på överläppen en sekund innan den ramlar ner i koppen igen.

"Men tänk om de tar någon annan."

"Klart de tar dig. Du har ju vikarierat för henne i snart ett år och gjort ett kanonjobb." Cecilia biter en stor tugga, hon har inga problem att äta sin grillade macka.

"Det vore fantastiskt skönt. Då får vi jobba ihop ett tag till i alla fall." Chokladen är lättare att få ner, värmen lindrar magvärken för en stund.

"Vi kan ju alltid hoppas att Samira får ett till barn direkt, så får jag också vara kvar åtminstone ett år." Cecilia skrattar, hon har lite ruccola mellan tänderna.

"Jag håller tummarna. Det är en lyx att få jobba med sin bästa vän." Emelie petar runt sidosalladen på tallriken så det ska se ut som hon ätit.

"Det är verkligen så schysst att du ordnade ett vikariat åt mig." Cecilia torkar sig om munnen med servetten.

"Självklart. Jag tänkte direkt på dig när de sa att vi behövde anställa någon ett år."

"Jag är jätteglad i alla fall. Många säger att det är lättare att få jobb när man redan har ett." Cecilia har ätit upp sin smörgås och tittar på klockan. "Dags att gå tillbaka så du inte blir sen till mötet med Marika."

Emelie ställer brickan i brickstället, ciabattan är nästan orörd.

"Du har ju varit hos oss snart ett år och gjort ett jättebra jobb." Marika tittar ner på några papper som ligger på bordet.

"Jag trivs väldigt bra, alltid lätt att jobba på då." Emelie stryker sina svettiga handflator mot byxbenen, diskret så det inte ska synas.

"Jag har pratat med de föreningar du haft kontakt med och de är mycket nöjda." Chefen bläddrar i pappersbunten.

Ingen ögonkontakt, något som är lite oroande, även om det hon säger låter lovande. Emelie vet att föreningarna är nöjda, vet att hon gjort ett bra jobb. Men det har varit så flera gånger förut och ändå slutat med att hon fått gå. Den lilla lunch hon fick ner hotar nu att komma upp.

"Vad bra." Vilket dumt svar, men vad svarar man egentligen? Emelie ser sig omkring på kontoret. Det är ytterst opersonligt, inget som egentligen avslöjar något om människan som sitter på andra sidan skrivbordet. Fast hon vet en hel del ändå. Marika älskar hästar och lever för dem. Hon är yngst i en stor syskonskara. De har kommit varandra ganska nära under det här året.

"Därför känns det förstås väldigt tråkigt att behöva meddela dig att ditt vikariat inte blir förlängt." Nu tar Marika ögonkontakt för första gången under samtalet.

"Men varför... alltså... vem ska... eller jag menar... hur blir det då?" Emelie känner hur ögonen fylls av tårar och det börjar susa i öronen. Fingrarna sticker och orden blir svåra att få fram. "Jag trodde... hörde... du blir kvar som teamchef... då tänkte jag... eller hoppades... att jag..." Emelie reser sig, måste ut härifrån, vill inte gråta inför chefen. Vill inte ge henne större övertag. Tårarna börjar rinna, nej, forsa nerför kinderna och hon snorhulkar.

"Det finns ingen tjänst, tyvärr."

"Ingen tjänst? Men vem ska ta över efter dig?" Emelie vänder sig om, möter Marikas blick igen.

"Det finns ingen tjänst, det är allt jag kan säga." Marika går tillbaka till pappershögen igen.

Emelie står kvar. Benen vägrar röra sig. Snoret och tårarna rinner och med dem rinner också självkänslan och hoppet bort. Hur kan Marika vara så kall? De som var på god väg att bli vänner. Inte bara arbetskamrater.

"Det var allt tror jag. Du har ju en månad kvar hos oss, men självklart får du ta ledigt för att gå på anställningsintervjuer och behöver du sluta tidigare så är det inga problem." Marika öppnar den bärbara datorn framför sig på bordet för att markera att samtalet är över.

Emelie skyndar till sitt rum, tar sin väska och jacka och lämnar kontoret. Hör Cecilia ropa något, men stannar inte upp. Måste bort, ut, i väg. Orkar inte mera, inte börja om igen, inte höra allas beklaganden och se deras miner när de får veta. Att det blir en ny sväng med Arbetsförmedlingen och jobbsökande. Ta ledigt för anställningsintervjuer, vilken värld lever Marika i? Tror hon att någon vill anställa en som är 40+ och har två barn? Orkar inte berätta för Mattias att det inte blev något. Orkar inte se barnens besvikelse när de får veta att mamma är utan jobb, igen. Att det inte blir den utlandsresa de så länge drömt om, fantiserat om. Den som äntligen skulle bli av när hon fick sin fasta tjänst. Emelie sjunker ner på en bänk, utan att först titta om den är ren. Blir sittande där tills det mörknat trots att telefonen ringer flera gånger i timmen.

Fredag - Greta

Greta vaknar av solstrålar som kittlar hennes ögonfransar. Hon sträcker på sig, men sätter sig sedan upp med ett ryck. På hösten kommer solen inte in genom sovrumsfönstret förrän efter tio. Hon kan väl aldrig ha sovit så länge? Visserligen tar det på krafterna att ta hand om en femåring tre dagar i rad, speciellt den sista feberfria dagen som ska till för säkerhets skull. Men ändå! Hon trevar förvirrad på nattduksbordet efter först glasögonen och sedan klockan. 10.14 visar den. En våg av dåligt samvete sköljer igenom kroppen. Men vad gör det förresten. Finns ingen som väntar, ingen som förväntar sig något. Inget jobb att skynda i väg till och inga barn som behöver frukost. Det är bara att lägga sig igen och dra upp täcket. Idag går det bättre att njuta av att ligga kvar. I hennes gamla vanliga sovrum med bröllopsfotot och alla bilder på barnen. Hon ler lite åt de stora frisyrerna och neonfärgerna. Minns hur de brukade krypa upp i dubbelsängen på helgerna. Hur de kunde ligga och berätta sagor för varandra ända tills hungern blev för stor. Hunger ja, det kurrar i magen. Kanske skulle ta och göra brunch. Steka lite ägg att ha på smörgåsarna och en fruktsallad. Till och med äta brunchen i sängen. Det kittlar till i kroppen vid blotta tanken. Äta i sängen gör man bara på födelsedagar.

En stund senare har Greta gjort i ordning den stora födelsedagsbrickan och fyllt den med godsaker hon hittat i kyl och skafferi. Brieost, oliver, några kex och en chokladkaka, tillsammans med äggmackorna och fruktsalladen. Datorn och USB-minnet får också följa med in i sovrummet. Där bullar hon upp kuddarna i huvudändan som ryggstöd, ställer brickan på Bengts sida och sätter sig med det gosiga täcket svept runt sig. Nu ska här ätas och jobbas! För säkerhets skull sätter hon telefonen på ljudlöst.

USB-minnet innehåller en mängd dokument, fotografier, förhör och protokoll från diverse tekniska undersökningar. Hon läser igenom utredningen noggrant. Letar efter detaljer eller spår som kan ha missats. Men språket är torftigt och sakligt som det brukar. Uppgivet läser Greta den sista meningen gång på gång.

Vi finner inga bevis på att Ingemar Jansons död varit något annat än en olyckshändelse och det går inte att utreda vems gevär som sköt det dödande skottet.

Precis så sa mamma till henne alla gånger hon frågade. Att det bara var en hemsk olycka.

Greta har aldrig velat acceptera den förklaringen. Klart det måste gå att veta vem som sköt. De som var med vet. Men de håller varandra om ryggen. Utredningen är gjord av någon Johannes Troedsson, ingen hon kommer ihåg. Måste varit någon som var hos dem ganska kort tid. Men som chef för mordroteln står Sture Svensson. Honom minns hon mycket väl. Han var polismästare när han gick i pension för 20 år sedan. Han var också en del av pappas jaktlag ända tills i våras. Det är hans plats som så lägligt blivit ledig för Kristina. Om han var chef för den grupp som utredde olyckan och dessutom del av jaktlaget så måste han veta något mer.

Greta ställer undan datorn och tittar förvånat på brickan. Allt är uppätet men hon kan inte minnas att hon ätit något. Måste blivit så absorberad av läsningen. Var finns Sture nu? Han lever, det vet hon. Anledningen till att han fått sluta i laget är att hans 85-åriga kropp inte längre orkar med de långa passen i skogen. Han är visst ganska skröplig, men någon på jobbet sa att det inte var något fel på hjärnan. Vore nog bra att träffa honom. Men vem kan veta var han finns? Vilka av kollegorna, eller före detta kollegorna, kan fortfarande ha kontakt med Sture? Många av poliserna är relativt nyanställda, men Gunnar har jobbat där riktigt länge. Han har några månader kvar till pension. Kanske var det han som nämnde Sture på någon fikarast?

Greta slår numret och efter lite gliringar från receptionisten om att hon redan saknade jobbet och att livet som pensionär kanske var lite trist så blir hon kopplad.

"Gunnar Olofsson här!"

En värme sprider sig genom kroppen vid ljudet av hans röst. Hon har alltid haft ett gott öga till Gunnar och på en julfest för något år sedan blev de nästan ett par.

"Hej, det är Greta!" Munnen känns torr och det blir mest en viskning. Hon harklar sig.

"Hej, saknar du oss redan? Det har ju bara gått några dagar." Gunnar låter road, inte retsam.

Undrar hur länge det kommer komma liknande kommentarer från de gamla kollegorna.

"Klart jag saknar er. Men livet som pensionär är rätt bra. Jag har just avslutat min frukost." Greta borstar bort några smulor från täcket. Kanske borde tagit på kläder. Prata med en kollega klädd i pyjamas känns märkligt.

"Det låter lyxigt. Själv har jag precis tuggat i mig en av de torra mackorna från cafeterian."

"Ja du, de saknar jag inte." Greta skrattar till.

"Vad ville du då? Förutom att höra min vackra stämma?" Gunnars bullrande skratt avslutar repliken.

"Jag tänkte höra om du vet var jag kan hitta Sture?"

"Sture? Varför ska du ha tag på honom? Vill du ha tips om pensionärslivet?"

Attans, borde förstås tänkt ut någon bra anledning. Inte blivit så ivrig. Det är trots allt en polis i andra änden. Nu gäller det att tänka snabbt.

"Jag har funderat på de där bullarna han brukade bjuda på till fredags-fikat. De var himmelska, så jag skulle vilja ha receptet."

"Du minns hans bullar 20 år senare? Och ska ha receptet just nu?" Gunnar blir tyst.

Greta letar febrilt efter något att säga, men hjärnan har fullständigt lagt ner. Inte bli avslöjad redan, innan hon ens hunnit starta.

"Nej du, nu rycker det i min gamla snutnäsa, som det brukar göra när något skumt är på gång." Gunnar skrockar lite och Greta andas ut. Hon vet precis hur han ser ut just nu. Hans lilla belåtna leende och glimten i de bruna ögonen.

"Ja, du har rätt. Egentligen ska jag lura av honom allt han äger och sälja på Blocket. Man måste ju dryga ut pensionen." Greta hoppas att Gunnar ska nöja sig med detta och tala om var Sture finns.

"Det låter troligare. Han bor på Hagaborg sedan ett par år. Jag hälsar på honom ibland."

"Hur är det med honom?" Greta borstar bort några smulor från täcket, ner på golvet.

"Menar du om han kommer göra motstånd när du tar hans grejer?"

Greta kan höra leendet genom telefonen.

"Precis."

"Han går inte så bra längre, men han är helt klar och rolig att snacka gamla minnen med."

"Då ska jag åka och hälsa på honom, jag har ju tid över nu." Greta hör hur någon ropar på Gunnar i andra änden.

"Jag måste gå, fint att höra din röst."

"Vi ses!" Hon sitter kvar med telefonen i handen. Nu när de inte längre är kollegor så skulle de kanske. Nej, tanken är absurd. Fast kanske ändå?

Lördag - Sture

Sture höjer geväret, siktar och skjuter. För sent ser han att det inte är en älg som kommit ut ur buskaget, utan Peter. Sonen tittar först förvånat, sedan anklagande på sin pappa medan blodet färgar hans vita t-shirt röd. Just som han sjunker ner på marken kommer älgen lufsande. Den har Ingrids ögon och när den öppnar munnen och skriker hör han att den också har hennes röst.

När Sture slår upp ögonen sitter han i fåtöljen i sitt enda rum. Han blundar igen för att lugna ner sig efter mardrömmen. Kopplar på ett sinne i taget, som han lärt sig av psykologen han tvingades gå hos ett tag, på jobbet. Mest trams, han behövde inte prata om sina känslor och allt annat som hon ville gräva i. Det var bäst att bara glömma och gå vidare. Men hon hade lärt ut ett bra sätt att rensa huvudet. Inga tankar, bara sinnesintryck. Sture använder tekniken ibland när mardrömmarna kommer eller frustrationen över den skruttiga kroppen blir för stor. Börjar med hörseln.

Han hör en fluga som surrar mot fönstret. Klockan på väggen tickar. Hör köksklockan också. De tickar i otakt. Kanske borde be en av sköterskorna att ta ut batteriet ur någon av dem? Eller bara stänga av hörapparaterna ett tag. Det finns ändå ingen att prata med. De andra som bor här är helt gaggiga och säger samma sak gång på gång. Därför får hörapparaterna ligga kvar på nattduksbordet när det är dags att äta mat i samlingsrummet.

Inga tankar, ett sinne i taget. Svårare än vanligt idag.

Det luktar handsprit inifrån badrummet. Dörren måste stå på glänt. Annars är den här lägenheten ganska luktfri. Blir lätt så när det inte lagas mat. Eller bakas. Han luktar i alla fall inte urin, som flera av de andra. Alltid något.

Inga tankar, bara sinnen.

Filten sticks lite mot händerna. Ylle, påminner om skogen, nej inte tänka på skogen just nu. Inte tänka alls. Bara uppleva med sinnena.

Smak, inget smakar just nu. Munnen är lite torr, vatten vore gott, kanske ett äpple. Borde vara dags för mat snart. Men först ett telefonsamtal.

Hjärtat slår lugnare igen, övningen fungerar faktiskt, Sture öppnar ögonen. Tar upp telefonen och slår ett välkänt nummer. Det är praktiskt med en bärbar, ingen sladd att hålla reda på. Och den kan ligga i korgen på rullatorn. Den förhatliga tingesten som visat sig rätt bra att ha ändå, fast den var svår att acceptera i början. Men nu är den bra, när kroppen inte vill som förut.

"Hej farfar!"

"Hej på dig Magnus. Jag kommer aldrig vänja mig vid att folk kan se att det är jag innan jag presenterat mig."

"Du får skaffa en mobil, så kan du också se vem som ringer." Magnus skrattar.

"Sådana nymodigheter behöver jag inte. Hur har du det? Känns som länge sen du var här."

"Vi har lite mycket på jobbet just nu. Många barn med speciella behov och inga resurser till assistenter eller elevhälsa. Jag sitter och planerar nästa veckas lektioner, trots att det är lördag."

"Ja, jag läste i tidningen om alla nedskärningar." Sture suckar djupt. "Jag tror att det är samma sak här. Får känslan av att alla i personalen är stressade hela tiden, fast de försöker att inte visa något."

"Men du har det bra?" Genast en oro i barnbarnets röst.

"Lite långsamt är det allt. Men du känner mig. Jag gör vad jag kan för att hålla mig i gång. I alla fall i huvudet." Sture viftar bort flugan som landat på hans hand.

"Jag kan ta med mig mer Sudoku-tidningar nästa gång jag kommer." Magnus röst är åter lite frånvarande.

"Det vore fint. Vet du när? I morgon kanske?"

"Har pappa hört av sig till dig?" Magnus frågar, som i förbifarten, men Sture blir genast på sin vakt. Vad är det nu då?

Han börjar bläddra i korsordstidningen som ligger framför honom på soffbordet. Var är snuset? Det brukar lugna när sonen kommer på tal. Just ja, han har slutat, men det kanske inte var någon bra idé.

"Nej, jag har inte hört något från Peter." Sture hör på sin egen röst att den blir spänd. "Hinner du komma i morgon? Eller nästa lördag tror du?"

"Pappa kommer ut på lördag. Jag har lovat att hämta honom."

"Jaha." Sture försöker att inte låta besvikelsen höras. Återigen ska Magnus prioritera sin pappa. Han ställer upp varje gång, fast Peter inte gjort något för att förtjäna det. En suck undslipper honom.

"Jag vet att du tycker att jag borde sluta träffa honom. Men han är min pappa."

"Ja, och min son. Som bara tänker på sig själv och nästa sätt att fixa snabba pengar." Sture slänger tidningen i väggen, önskar att det fanns något annat i närheten han kunde kasta, men det gör det inte.

"Jag måste sluta nu. Jag lovar att hälsa på när det lugnat ner sig lite. Hej då farfar."

"Om Peter kommer ut lär det inte bli lugnt på länge." Sture säger sin sista replik in i den tomma telefonluren. Förbannat också. Skulle inte pratat om Peter, det leder alltid till osämja. Fattar bara inte hur en far kan svika sin son, gång på gång. Utnyttja honom.

Om inte Ingrid gått bort för tidigt hade allt blivit annorlunda. Det var inte särskilt lyckat att kombinera jobbet som polis med att uppfostra en tonåring. Men han försökte i alla fall. När Birgitta sedan dök upp skulle allt vända. Dock visade det sig att Peter sett henne som en anledning att hålla sig hemifrån ännu mera. De hade aldrig riktigt dragit jämnt. Peter hade nog haft rätt i sin bedömning. Även om det satt långt inne att erkänna. Relationen med Birgitta handlade bara om att bota ensamhet. Ingrid var den rätta, den enda och ingen kunde mäta sig med henne.

Det knackar på dörren och Sture inser att hans kinder är blöta, så han torkar snabbt av dem med skjortärmen.

"Sture, det är middag nu." Anna, hans favoritsköterska, sticker in huvudet genom dörröppningen. "Idag serveras pannbiff med lök, din älsklingsmat."

Han skakar av sig grubblerierna och reser sig mödosamt.

Hon kommer in i rummet, plockar upp tidningen i farten och lägger den på soffbordet.

"Tack, jag tappade den." Sture känner hur hans kinder blir varma av lögnen.

"Här, du ska väl ha med dig din kompis ut?" Anna ger honom rullatorn.

Sture tar emot den och låter hörapparaterna sitta kvar i öronen. Om Anna sitter med vid bordet så finns någon att munhuggas med, det blir roligt.

"Kom då! Sisten till bordet är en lort." Sture blockerar hennes väg med rullatorn och hasar mot dörren med ett brett leende.

Söndag - Emelie

Emelie lägger upp benen i soffan och sveper in sig i en filt. Det här är den bästa stunden på helgen. Barnen och Mattias är på träning. Hemmet är nystädat och middagen står i ugnen. Lergryta är en bra grej, bara i med ingredienserna och så är det klart några timmar senare. Koppen med varm choklad står på bordet och favoritserien har just startat när telefonen ringer. Hon svarar med blicken kvar på TV:n.

"Hej det är Emelie."

"Det vet jag väl, jag ringer ju dig."

"Hej mamma. Hur mår du?" Emelie pausar serien och sväljer ner den suck som vill komma ut.

"Bara bra, men jag oroar mig lite över Sandra. Jag var förbi henne igår kväll och hon verkar inte ha lämnat lägenheten sen Kalle gjorde slut. Hon gick runt i samma pyjamas som hon hade när jag var där i tisdags." Greta har sin orosröst, den känner Emelie väl igen.

"Vad ska jag göra åt det? Jag sitter 30 mil bort." Emelie sjunker djupare ner under filten, behöver lite extra värme.

"Du kanske kunde prata med henne? Försöka muntra upp henne lite."

"Jag ringde i onsdags men hon la på luren i örat på mig. Erbjöd henne att komma hit till oss och allt."

"Då var hon nog fortfarande i chock, det låter inte likt Sandra."

Som vanligt tar mamma systerns parti. Så har det varit hela uppväxten. Allt var Emelies fel, äldsta barnet skulle lösa allt, kompromissa och ge med sig.

"Jag har inte jättestor lust att ringa igen i alla fall."

"Men för min skull?" Gretas röst blir vädjande.

"Du kan väl åka dit? Du är ju pensionär nu och har all tid i världen." Emelie tittar längtansfullt mot den frysta bilden på skärmen.

"Jag har varit där flera gånger, men jag tror att hon hellre pratar med sin syster."

"Det visade hon då inte i onsdags." Emelie reser sig och går fram till fönstret. "Kanske Andreas kan prata med henne? De har alltid haft sådan bra kontakt." Trots att det skiljde sju år mellan småsyskonen fanns ett speciellt band mellan dem. Det var lätt att känna sig utanför. När de var små hade de haft sina egna lekar och hemligheter.

"Andreas har så mycket nu på jobbet och så har Selma varit sjuk." Orosrösten är tillbaka.

"Men henne tog väl du hand om som vanligt. När har du någonsin tagit hand om Wilma eller William när de varit sjuka?" Den sköna känslan från nyss är försvunnen.

"Andreas och Sofie har svårt att vara borta från sina jobb. Det ställer till så mycket för studenterna."

Emelie vill skrika rakt ut, men sväljer hårt och blinkar bort tårarna som tränger fram.

"Jag ringer och pratar med Sandra."

"Tack gumman, vad fint av dig. Hoppas allt är bra med dig, men nu måste jag sluta. Hälsa familjen."

"Jag får inte vara kvar på mitt jobb. Och det gör väldigt ont." Emelie pratar in i den tomma telefonen.

Den varma chokladen har blivit ljummen och fått skinn under samtalet. Emelie går in i köket, häller ut den i vasken och ställer koppen i diskmaskinen. Går ett varv genom lägenheten för att samla sig inför nästa samtal. Det är ganska snabbt gjort, de har bara råd med 67 kvadrat med huvudstadens absurda hyror. Barnen delar rum, sedan är det deras sovrum och vardagsrummet. Hallen är oproportionerligt stor, så där står ett skrivbord som är tänkt som arbetsbord och pysselbord men oftast fungerar som mellanlagringsstation för den övriga familjens gympakläder, kaffekoppar, post, laddare, stensamlingar och allt möjligt annat. Det finns ingenting att plocka med just nu, eftersom de städade igår. Hon har ett behov av att organisera, ha något att göra under samtalet med lillasystern. Emelie går in i köket, drar ut en av köksslådorna och häller ut innehållet på bordet. Där finns allt mellan himmel och jord, det är i den lådan allt hamnar som inte har någon plats eller som ligger och skräpar. Hon hittar snabbt sina hörlurar som varit borta ett tag och extranyckeln till Williams cykel. Emelie tar upp telefonen och ringer medan sorterandet fortsätter.

"Hallå." Systerns röst är svag och hes, som att hon inte pratat på några dagar.

"Hej! Tänkte bara ringa och kolla hur det är med dig?" Emelie hittar en trasig ballong, en påsklämma och en mycket hård lakritsbit i högen på bordet.

"Har mamma sagt åt dig eller?"

"Får man inte ringa till sin syster utan att det ska vara på order från någon annan?"

"Men det är söndag eftermiddag, din heliga tid."

"Vad bra att allt med Kalle inte har fått dig att tappa tidsuppfattningen i alla fall. Även om du tydligen inte går ut eller klär på dig." Utan att tänka på det stoppar Emelie lakritsbiten i munnen men spottar snabbt ut den igen när hon känner att den är alldeles luddig.

"Du har pratat med mamma, jag sa ju det." Sandras röst blir trotsig.

"Jag ville kolla hur du mår. Men om det inte passar kan vi lägga på."

"Det var snällt att du ringde, även om jag vet att mamma tvingat dig." Sandra blir tyst en stund. "Jag har väl mått bättre, men jag håller på med en lista över saker man kan göra som singel. Idag har jag kommit på tre punkter, vill du höra?"

"Ja visst. Men jag kan nog inte bidra, var så länge sen jag var singel så jag har glömt hur det var." Emelie tittar på röran framför sig på bordet. Kommer ihåg att det var klart mindre rörigt som singel. Färre saker att hålla reda på. Hon hade inte en sådan här låda i köket.

"Där fick du in det också. Tack! Du kan få låna listan av mig om du skulle bli dumpad." Sandra tar ett djupt andetag. "Här kommer i alla fall dagens punkter. 27. Titta igenom flera säsonger av sin favoritserie samma dag. 28. Elda doftljus utan att någon klagar på att den får migrän. 29. Beställa familjepizza och äta den till frukost, lunch OCH middag. Bra grejer va!"

"Du är inte klok! Men det är fint att du använder tiden till något konstruktivt." Emelie ler och skakar på huvudet.

"Hur är allt med er då? Har du fått veta något om jobbet?" Nu låter Sandra som vanligt igen.

"Nej, inte ännu." Emelie ger upp sorteringen och häver ner allt i lådan igen. Utom lakritsbiten, den slänger hon i komposten.

"Men går inte ditt vikariat ut snart? De måste ju meddela dig hur det blir."

"Nu kommer nog Mattias och barnen hem när som helst, så jag måste sluta. Men ta hand om dig!"

"Hej då."

Emelie tar lådan, öppnar skåpsluckan under diskbänken och häller ner hela innehållet i soporna.

Måndag - Andreas

Äntligen stod prästen i predikstolen. Denna mening är en lysande inledning av en roman, det har Andreas alltid tyckt. Den väcker frågor, nyfikenhet och ett intresse att läsa mera. Idag ska han äntligen få diskutera den och Selmas författarskap igen med studenterna. Att hjälpa dem att få upp ögonen för Sveriges bästa författare är lika roligt varje år. Få av studenterna visste att hon under sin levnadstid var den mest översatta svenska författaren. Så mycket orättvist som skrivits om hennes verk och vad de bidragit med. Eller vad många som tyckt att hon inte bidragit. Som framställt henne som en sagotant som bara nedtecknat skrönor från de värmländska skogarna. I hans kurs får Selma upprättelse och den uppmärksamhet hon förtjänar. De flesta studenter förstår hennes storhet när kursen är slut, men det finns alltid enstaka undantag, som redan innan de började var inbitna Strindberg-läsare. En överskattad författare som han aldrig förstått sig på.

Det plingar till i telefonen. Ett sms från Magnus. *Ska vi hitta på något på söndag?* Magnus var en bra student, de klickade direkt, men hade inte börjat umgås förrän kursen var över. Finns regler för hur man ska förhålla sig till studenterna, kanske inte direkt nerskrivna, men ändå tydliga. Magnus delade hans kärlek till Lagerlöf och hans uppsats om henne var direkt lysande.

Andreas har lovat mamma att göra något med Sandra i helgen, för att muntra upp henne, men Magnus kan säkert hänga med på det. Han svarar och föreslår bio följt av fika. Får en gul tummen upp tillbaka. Dags att plocka ihop sakerna och gå till salen. Men först en sväng till Pressbyrån, behöver lite choklad för att klara eftermiddagen.

När han går förbi byggnaden som innehåller bibliotek och aula skakar han på huvudet åt den stora gråa kolossen som står där på den tomma ytan. Konstverket. Det heter *Tänkande* men Andreas har aldrig riktigt förstått storheten. Dottern är dock väldigt fascinerad och älskar att gå varv på varv runt den märkligt formade stålstatyn, knacka på den för att höra ljudet och helst också klättra runt på den. Hon ser ett öra, en varelse, kanske en hjärna. Andreas ser bortkastade pengar som kunde lagts på undervisning. Då tycker han bättre om verket som sitter på fasaden. Det väckte mycket uppmärksamhet när det köptes in, men ger ett bra och tydligt budskap. Ett som Lagerlöf skulle ha gillat och som kanske peppar studenterna. Han ler när han påminns om scenen i *Dirty dancing* där Patrick Swayze uttalar de bevingade orden *Nobody puts Baby in a corner*. Undrar om filmskaparna visste att det skulle stå på väggen på ett universitet i Sverige över 30 år senare.

"Andreas, vänta." Prefektens röst ekar över den öppna ytan, en rest från hans tidigare arbete på Försvarshögskolan. "Vad bra att jag fick tag på dig."

"Jag ska börja undervisa strax, är det något viktigt?"

"Ja, det gäller Katrin. Eftersom du är kursansvarig så bör du veta att vi inte kommer förlänga hennes anställning." Fredriks röstläge visar tydligt att han inte vill bli motsagd.

"Men vikariatet går väl ut sista november. Kursen slutar inte förrän i januari." Andreas huttrar till, ångrar att han lämnade jackan i arbetsrummet. "Du kan inte ta bort en lärare mitt under pågående kurs. Och Birgitta är sjukskriven efter sin operation och så har vi Leif som går i pension i slutet av oktober."

"Som du mycket väl vet lasar vi inte in folk. Katrin har varit anställd i ett år, elva månader och 29 dagar. Hon får inte jobba en dag efter november, du får lösa det på annat sätt." Fredrik vänder sig om för att gå.

"Men hon är en fantastiskt uppskattad lärare och det behövs fler som undervisar, kan vi inte bara lysa ut en tjänst och anställa henne?" Andreas hör att han låter desperat, men det finns vissa saker i universitetsvärlden som han bara inte förstår. Detta är en av dem.

"Nej. Du får lösa situationen." Fredrik vänder sig inte ens om utan fortsätter bort mot huset där rektor och universitetsdirektören sitter. Ska väl på något av alla sina möten där han får känna sig viktig. Andreas svär tyst för sig själv. Prefekten är känd för att köra sitt eget race och kvinnorna på institutionen har många gånger kommit och berättat att de blivit utsatta för härskartekniker. Sofie ringde honom för några månader sedan och var helt upprriven då Fredrik tillsammans med en studierektor utan anledning hade stormat in på hennes rum och stängt dörren efter sig. Sedan hade de skällt ut henne för någon liten petitess som hon missat. Fredrik var nästan två meter lång och i ett litet rum tog han mycket plats och upplevdes fysiskt hotfull. Han kunde också snabbt slå om till en lilla-gumman-klapp-på-huvudet-attityd. Andreas försöker skaka av sig obehaget prefektens ord väckt inom honom. Allt fokus måste vara på studenterna nu och seminariet de ska ha.

Undervisningen går bra, och det är först under promenaden till förskolan för att hämta Selma som Andreas kommer att tänka på Sandra och mammas ord om att hon behöver muntras upp. Han tar upp telefonen och ber Siri ringa systern. Skönt att slippa ta av sig vantarna i den krispiga oktoberluften.

"Hej syrran! Jag tänkte bio och fika på söndag! Du får välja film." Han motstår impulsen att hoppa i en lövhög som ligger på gräsmattan invid gångvägen.

"Hej! Jag vet inte om jag orkar." Sandra låter ganska ynklig. "Har precis hittat en av Kalles skjortor underst i tvättkorgen." Hon suckar djupt. "Jag klippte sönder den och det kändes riktigt skönt! Sen grät jag i en timme. Är nog inget roligt sällskap nu."

"Just därför. Min kompis Magnus kommer också." Andreas säger det som i förbifarten, mycket medveten om att hon kommer protestera. "Så tar vi en fika efteråt på Carli. Deras glass kan du inte motstå."

"Du har alltid vetat hur du ska få med mig på saker." Sandras röst har en annan glöd nu. "Men måste Magnus med? Du försöker väl inte få till en blind date?"

"Magnus är en jättebra kille, men jag har inga baktankar, jag lovar."

"Bra, jag är verkligen inte redo för det."

"Jag förstår. Kalle är verkligen inte klok som kan lämna en sån som dig. Du är bara bäst syrran, det vet du va?" Andreas huttrar till, det är verkligen kyligt ute. Men det är ändå skönt att få den här promenaden efter en hel dag av planering och undervisning.

"Just nu känns det inte så direkt. Jag har legat i sängen och käkat allt onyttigt jag kunnat hitta i fem dagar nu. Tror att pyjamasen har växt fast på kroppen."

"Då får du gärna ta en dusch och hitta något annat att ha på dig innan söndag. Annars bokar jag biljett på en egen rad åt dig."

Sandra skrattar till.

"Vill du se action, romantik eller något annat?" Andreas ser förskolan framför sig, dags att avrunda samtalet.

"Ja, eftersom jag inte tror på romantik längre så blir något av de andra alternativen bra. Överraska mig!"

"Okej, då ses vi på söndag klockan kvart i tre. Och kom ihåg duschen!" Andreas avslutar samtalet. Vore de på samma plats skulle han fått något kastat på sig, det vet han. Sandra och han har en mycket nära, men retsam relation. Helt annorlunda än med Emelie. Hon ska alltid vara duktig flicka och tala om för alla andra vad de ska göra. Sandra är mer som Selma, går sina egna vägar och bryr sig inte om vad andra tänker. Hon skulle nog kunna dyka upp i pyjamas på bion.

Tisdag - Sandra

Listan innehåller nu 45 punkter. Rätt imponerade att komma på så många grejer. Lite mindre imponerande med genomförandegraden, som är mycket låg. Kanske borde skriva upp ta en dusch, ta på kläder och handla mat, men det är ju saker man kan göra även i en relation. Bör göra. I morgon väntar dock jobbet så nu är det nog läge att styra upp livet en del. Sandra kollar igenom listan. Måla om, ta en spontanresa till Paris och diska naken kan vänta. Tangokurs eller börja med improvisationsteater är mer lockande. Fast kanske inte idag. Först dusch och kläder.

En sväng till Sandgrund vore mysigt, Kalle avskydde att titta på konst. Så svårt att förstå, hon älskar att stå framför varje tavla hur länge som helst. Försvinna in i bilden och uppleva den med alla sinnen. Det dyker upp historier i huvudet om platserna och människorna. Tänk om Lars är där idag, eller Junior, honom är det fart på. De är så olika i tempo och utstrålning, men så fina tillsammans. De verkar lyfta varandra. I relationen med Kalle blev olikheterna en nedåtgående spiral. Något som söndrade i stället för inspirerade. Titta på konst hur länge och ofta man vill får bli nummer 46 på listan innan det är dags att ta sig ur sängen. Lägenheten behöver verkligen vädras, hon öppnar ett fönster på väg in till duschen.

Utanför museet väntar Elin när Sandra kommer farande i sista minuten som vanligt.

"Hej, vad roligt att du var ledig idag!" Sandra kastar sig om halsen på henne.

"Härligt att du ringde, vilken bra idé att gå hit." Elin rättar till mössan som hamnat snett i omfamningen. "Hur är det med dig?"

"Efteråt kan vi väl ta en fika på Carli, som vi gjorde förr?"

"Du menar innan tråkmånsen dök upp i ditt liv?" Elin himlar med ögonen. Hon är väl insatt i den senaste veckans händelser. De har haft ständig sms-kontakt.

"Tråkmåns? Tyckte du Kalle var tråkig? Varför sa du aldrig något?" Det hugger till i bröstet när Sandra säger hans namn högt.

"Hade du lyssnat om jag sagt det?"

"Nej, förmodligen inte." Sandra biter sig fundersamt i läppen.

"Jag känner väl dig!" Elin öppnar dörren och de går in i den gamla danslokalen som nu förvandlats till museum.

"Fast du har rätt. Han var väldigt tråkig. Men jag hade aldrig erkänt det då." Sandra tar av sig jackan och hänger den över armen.

"Jag förstod inte riktig vad du såg hos honom. Han var så pedantisk så man var rädd för att spilla eller råka fläcka ner något hemma hos er."

"Var sak har sin plats. Ett av hans favorituttryck. Ibland flyttade jag runt sakerna bara för att retas. Sen förnekade jag det när han frågade. Han trodde att vi hade spöken hemma." Sandra skrattar så tårarna rinner.

Elin faller in i skrattet.

"Nej, nu tittar vi på konst."

"Göm mig!" Sandra hukar sig bakom Elin på väg till fiket efter flera timmar i konstens värld.

"Vad gör du?" Elin vinglar till, inte beredd på vännens plötsliga manöver.

"Det är hotellchefen, hon får inte se mig."

"Varför inte?"

"Jag har ju varit hemma sjuk sen i onsdags. Tänkte inte på att jag kunde träffa kollegor."

"Vi kanske ska köpa med oss fika och gå hem till dig?" Elin gör sig så bred hon kan, vilket inte är lätt, då hon är liten och späd.

"Nej, inte hem till mig. Det går inte." Sandra böjer sig ner och låtsas knyta skosnöret. Hoppas på att det långa blonda håret ska dölja ansiktet.

"Varför inte? Du bor ju mycket närmare."

"Utan att gå in på detaljer så har varken min hushållerska eller städerska skött sig så väl den senaste tiden." Sandra skäms när hon ser lägenhetens skick framför sig.

"Vet du vad. Då tar vi fikat hos dig och så hjälps vi åt att styra upp det hela." Elin har sin bestämda röst.

"Men du anar inte hur det ser ut!"

"Jag har bara två krav, att du bjuder på fikat och att vi fotar röran och skickar bilden till Kalle! Det kommer ge honom mardrömmar i flera veckor."

Sandra skrattar till och rätar på sig igen. Chefen är utom synhåll.

"Okej. Du är bäst!" Hon ger sin vän en snabb kram.

Väl hemma i lägenheten slår de sig ner vid köksbordet med fikapåsen efter att Sandra röjt bort en massa disk och tomma pizzakartonger. Hon kokar en kanna te och tänder ljus. Diskberget, dammråttorna och det allmänna kaoset syns mindre i stearinljusskenet.

"Nå, hur ska drömprinsen vara då?" Elin tar ett stort bett av den ljuvligt goda bullen.

"Jag tror inte det finns några prinsar." Sandra serverar rykande te i de enda rena kopparna.

"Klart det gör. Gäller bara att hitta dem."

"Känns inte som att jag vill ha ett förhållande just nu. Ska slicka mina sår och tycka synd om mig själv ett tag först." Sandra tar en av de handgjorda chokladpralinerna. Den smälter i munnen och exploderar i smaker. "Och trösta mig med absurda mängder av dessa."

"Praliner är alltid bra!" Elin stoppar en i munnen. Hon suckar njutningsfullt.

"Jag har i alla fall börjat inse att Kalle inte var drömprinsen."

"Inte en dag för tidigt."

"Det känns som att jag glömde bort vem jag var och vad jag tyckte, tänkte och ville när vi var ihop." Sandra petar tankfullt på det smälta stearinet men rycker till när hon bränner sig på lågan.

"Jag håller med. Du förändrades en hel del."

"Men varför sa du inte till mig?"

"Du hade nog inte lyssnat på det heller." Elin tar en klunk te.

Sandra sitter tyst och tittar in i ljuslågan framför henne.

"Jag är fortfarande inte säker på vem jag är utan honom. Men jag är helt säker på att det inte finns några drömprinsar. Förutom på film."

"Vi ska nog hitta någon åt dig." Sista bullbiten försvinner in i Elins mun.

"Andreas ska dra med mig på bio och fika med hans kompis Magnus på söndag."

"Vad spännande. Jag vill höra allt efteråt."

"Han har lovat att det inte är ett försök till match-making." Sandra suckar och himlar med ögonen.

"Äsch, ge honom en chans. Nu har du levt ett välorganiserat liv med Kalle alldeles för länge. Det är dags att kasta sig ut!"

"Jag är inte redo!" Sandra tar en pralin till. "Dessutom brukar Andreas kompisar vara så trista."

"Tristare än Kalle menar du?" Elin skrattar. "Apropå trista så kanske vi ska ta tag i att förvandla den här sophögen till ett trivsamt boende igen. Har du nån bra spellista, allt blir roligare med musik."

"Hittar vi något som är Kalles så eldar vi upp det på gården sen!" Sandra drar i gång Spotify och tar fram dammsugaren. Hoppas det blir en stor brasa.

Onsdag - Greta

Att det ska vara så svårt att hitta jaktkläder i rätt storlek. Greta suckar och bläddrar vidare bland galgarna. Vill inte be den uttråkade expediten om hjälp, vill helst inte att någon ska se eller minnas att hon varit här. Har åkt de 25 kilometrarna till Grums för att förhoppningsvis inte möta någon hon känner. Greta blir lite illamående av allt kamouflage-färgat. Bilderna på pappa med ett hål i bröstet och en stor mängd blod finns färskt på näthinnan. Borde självklart förstått att det skulle finnas foton bland dokumenten som laddats ner, men inte riktigt insett hur jobbigt det skulle bli att se dem. Hon hade varit till sjukhuset och identifierat pappan, då hennes mamma inte orkat, så hon hade sett honom död innan. Men då var det bara ansiktet och allt var iordninggjort så inget blod syntes. Bland polisens foton fanns närbilder både på ingångshålet och det mycket större hålet där kulan gått ut. Blodet syntes förvånansvärt bra, trots kamouflagefärgen.

Greta skakar på sig i ett försök att få bort minnesbilderna. Tar en jacka och ett par byxor i ungefär rätt storlek och går mot kassan. Just ja, en färgstark keps behövs också, för att synas för kamraterna i jaktlaget. Hon tar upp sin anteckningsbok där hon skrivit en lista på allt hon behöver. Hörselkåpor och en kniv, för att använda vid nedlagt byte. Inte för att hon planerar att skjuta något, men det kanske är bäst att ha en kniv, för syns skull. En kikare vill hon också ha. Från jakttornet går det säkert att se en hel del fåglar och andra djur. Kaffe, någon liten kaka och vilda djur från första parkett blir nog bra. Låter mysigt, som vilken skogsutflykt som helst, men från lite högre höjd. Bra att fokusera på rätt saker.

Greta hittar allt som behövs och lägger sakerna på disken. Expediten tittar upp från sin mobiltelefon och börjar knappa in varorna.

"Har du en kom-radio redan?" En hurtighet hörs i rösten som rimmar illa med engagemanget Greta sett hittills.

Kom-radio, hon letar febrilt i minnet från kursen. Behövs en sådan? Det blir dyrt detta.

"Nej, det har jag nog ingen. Vilken rekommenderar du? Tror inte jag behöver något speciellt, gärna en billig. Fast bra förstås." Greta hör själv att hon babblar.

"Den här används ofta av jägare och brukar bli uppskattad. Den är lätt att hantera också, även för äldre."

Greta fnyser, hit kommer hon inte återvända. Hon betalar en hisnande summa och tar kassen med sig ut till bilen.

"Greta, vad gör du här?"

Den där rösten, den som får henne att darra lite, den välkända. Hur kunde hon glömma att Gunnar bor i Grums? Borde ha åkt längre, kanske till Karlskoga. Nu gäller det att tänka fort. Greta torkar kallsvetten ur pannan och rättar till sitt lockiga hår innan hon vänder sig om. Kassen gömmer hon bakom ryggen.

"Gunnar, vad roligt att se dig."

"Ska du börja jaga? Var det Stures tips till dig? En vegetarian som jagar va!" Gunnars varma skratt startar ett pirr i magen och blodet rusar upp till kinderna. Måste byta spår.

"Tänk att du är ledig så här mitt i veckan. Finns det inga brott att lösa?"

"Nej, allt blev lugnt när du slutade." Skrattgroparna är tydliga i hans ansikte.

Greta vill så gärna smeka den där kinden, rufsa lite i hans mörka silverstänkta hår.

"Jag hade övertid att ta ut och ibland är det skönt med en ledig dag mitt i veckan. Det finns en del trädgårdsfix att ta tag i." Gunnar pekar mot ett rött hus snett emot affären Greta just kommit ut från. "Där är mitt hus och mitt sorgliga försök till trädgård."

"Ser fint ut tycker jag."

"När man är ledig mitt i veckan kan man också ta en spontanlunch med en saknad kollega."

"Jaha, vem ska du träffa?" Gretas förvirring hörs i rösten och hon rättar till jackan, fast det inte behövs.

"Jag hoppas få äta en god lunch med dig."

"Med mig?" Orden kommer ut som en viskning.

"Om du inte har annat för dig?"

"Så du menar att det går att få en god lunch i Grums?" Greta återfår kontrollen över rösten och kroppen. Hon öppnar bilen och lägger snabbt in kassen.

"Var inte en sån storstadssnobb! Vi går till Anderssons, de har mycket bra lunch. Är det okej att promenera, det är bara en kilometer och vi får njuta lite extra av denna sköna dag." Gunnar sträcker fram sin arm och Greta tar tag i den, efter en viss tvekan. Men hon känner ingen mer i Grums, så vad gör det om de går armkrok. En skön värme sprider sig genom jackärmen.

"Får jag förresten visa dig en sak först?" Gunnar stannar upp mitt i steget. "Något jag tror att du kommer tycka mycket om, även om det är lite åt fel håll egentligen."

"Det låter spännande."

Greta ser förvånat på byggnaden Gunnar leder henne fram till, en leksaksaffär, vad menar han? Varför skulle hon tycka om det? Men de går vidare, förbi ingången och svänger runt hörnet. Greta drar efter andan. Det här hade hon verkligen inte väntat sig. Framför dem breder en hel värld ut sig, en värld full av sagofigurer, färger och detaljer.

”Vad är det här?”

”Lekstugan i Grums heter väggmålningen. Visst är den härlig.”

Greta bara stirrar, det är så många detaljer att ta in. Hon ser Mumintroll, Peter Pan, Pippis häst, en vit älg, Pinocchio, Pelle Svanslös, hattstugan, en gammal Grålle och den där gula saken som barnbarnen jagar med sina mobiler, vad heter den nu igen? Hela husväggen är täckt med färg och form, till och med den inglasade balkongen har blivit dekorerad, där skymtar Hedvig och ugglan Helge.

”Vem har skapat den?”

”Marja i Myrom kallas hon. Målningen är tänkt att påminna alla som ser den om att behålla barnasinnet.”

”Ja, det lyckas den verkligen med.” Greta tar några steg bakåt, för att få en överblick över det överväldigande konstverket.

”Vad roligt att du tycker om den. Grums har en del att erbjuda i alla fall.” Gunnar blinkar åt henne. ”Vi har två stora väggmålningar till, från Artscape du vet. En på badhuset och en på ett hus precis bredvid. Vi kan gå förbi där på vägen tillbaka från restaurangen. Det mesta är på gångavstånd här.” Han ler och räcker Greta armen igen.

De slår sig ner vid ett fönsterbord efter att ha beställt och fått maten. Gunnar valde stekt torsk med knaperstekt bacon och parmesancreme och Greta tog det vegetariska alternativet, rödbetsbiffar. Maten doftar verkligen underbart och hon känner att magen kurrar.

”Nå, berätta nu mer om ditt nyfunna jaktintresse.”

Greta sätter första tuggan i halsen och börjar hosta. Hoppades att han skulle glömt hennes påse vid det här laget.

”Andreas ska börja jaga. Alla pappas grejer finns kvar och står oanvända, så han tänkte testa. Men de har inte samma storlek, så jag har köpt lite kläder åt honom. Svårt för honom att komma i väg, han har rätt mycket första månaderna på terminen.” Försöket att låta normal blir bara glättigt. ”Hur är allt på jobbet då? Sköter Louise mina uppgifter ordentligt?”

"Ingen kan göra jobbet som du, det vet du. Och jag tror att det är precis vad du vill höra." Gunnars röst är varm och ögonen glittrar. "Ingen kan lysa upp fikarummet som du heller. Känns tomt helt enkelt." Ett allvar smyger sig in i rösten.

Hans hand snuddar vid Gretas när han sträcker sig efter saltet och startar en stöt genom hela kroppen, men hon drar snabbt åt sig handen. Det här är inte bra, det är förbjudet, det är olämpligt. Barnen, vad ska de säga? Gamla pensionärer ska väl inte springa runt på romantiska luncher. Greta borstar bort smulor som inte finns från den fläckfria duken. Hon tvinnar servetten, ställer glaset lite mer till höger och tar en tugga till. Hoppas slippa svara eller säga något, det är fult att prata med mat i munnen.

"Saknar du mig något?" Gunnar ser rakt på henne. En naken blick. "Jag tror verkligen att ödet fick oss att springa ihop idag. Nu när vi inte jobbar ihop längre." Han lägger sin hand på hennes. "Då skulle vi kunna ses. Jag har en känsla av att du vill också. Stämmer inte det?"

Greta tar tugga efter tugga, känner inte längre smaken av maten som är perfekt tillagad. Bara munnen är full hela tiden så slipper hon svara. Hon har inte tid för kärlek, eller flört eller uppvaktning eller vad det nu är som händer. Pappas död är projektet som väntat, som ska lösas, ta all tid. I snart trettio år har hon undrat över vad som egentligen hände. Och nu finns äntligen tiden. Att ha en polis nära inpå vore inte bra. Gunnar är smart, han skulle förstå och försöka hindra.

"Vad tyst du blev. Du har väl alltid varit en sån som njuter av maten vad jag minns. Vi kanske kan ta kaffe hemma hos mig sen." Gunnar ler mot henne. "Du som är pensionär har väl inga tider att passa."

Hemma hos honom? I hans hem? Sitta i soffan, nära, bland hans saker. Svetten börjar rinna, pulsen ökar, det blir svårt att få luft. Ett illamående sköljer över henne. Greta reser sig och går ut från restaurangen utan ett ord. När hon kommer till bilen kräks hon i en buske. Ut rinner rödbetsbiffarna och parmesancremen. Tårarna rinner under hela bilresan hem.

Torsdag - Sture

Utanför fönstret virvlar höstlöven fram i en lustig dans med vinden. Barnen på förskolan är ute och han ser att de har overaller och mössor. Små färgklickar som springer runt och leker. Det är roligt att ha utsikt över förskolegården. På somrarna har han balkongdörren öppen och då letar sig deras röster och skratt in hos honom och gör den lilla lägenheten mer levande på något vis. Dagen är klar och solig, Sture känner hur löven luktar. Ett minne som sitter kvar i kroppen, även om utevistelse är sällsynt. Personalen hinner aldrig ta med de boende på promenad och benen bär för illa för att ta sig ut själv. Men vissa dagar är längtan till skogen extra stark. Idag är en sådan dag. Tänk att få sitta på pass en sista gång. Högt upp i älgtornet med bra sikt över kalhygget. Andas in den krispiga höstluften. Känna pirrandet i magen vid rörelser eller ljud från skogsbrynet. Få en rejäl 14-taggare i skottlinjen. Skrattet och pratet med jaktlaget när det är matpaus.

Telefonen avbryter hans funderingar. En tår rinner nerför hans kind, han snörvlar till, harklar sig och svarar.

"Hallå, det är Sture."

"Hej på dig, Åke här."

"Jag satt just och tänkte på jakten och så ringer du." Han torkar ögonen med en näsduk.

"Två själar samma tanke. Ville ringa och höra hur det är med dig. Vi kommer sakna dig, vet du." Åkes röst är så välbekant.

De har pratat mycket genom åren. Delat stort och smått.

"Det är skruttigt här. Jag blir galen på att inte komma ut. Och skulle ge ena handen för att få vara med på jakten en sista gång." Sture får en klump i halsen som är omöjlig att svälja ner. Han sträcker sig efter glaset som står en bit bort på bordet men handen skakar så lite vatten skvätter ut på bordsskivan. Skjortärmen får duga som trasa.

"Får bli efter jakten då, svårt att skjuta med bara en hand." Åke skrattar skrockande.

"Ja, du har rätt." Sture faller in i skrattet. Det var länge sedan. Finns inte så mycket att skratta åt i livet. Klumpen minskar lite.

"Men skämt åsido, jag kan komma förbi dig på lördag så kan vi gå ut en sväng. Åka till skogen och hitta en väg som funkar med rullatorn. Jag packar termos och korvmackor."

"Det vore fint. Jag skulle verkligen uppskatta att få komma ut." Klumpen i halsen är tillbaka och det svider bakom ögonen. Att det ska vara så nära till tårar hela tiden, vad är det för fel?

"Har ni hittat någon som kan ta över min plats?"

"Ja, en som heter Kristina Nilsson. Vet du vem hon är?"

"Nej, aldrig hört talas om henne tror jag. Är hon från trakten?" Sture kliar sig tankfullt i håret och skriver *Kristina Nilsson* i korsordstidningens marginal. Lägger till orden *Kolla upp* och stryker under med två streck.

"Hon bor i Karlstad. Får se hur det blir. Kan väl vara bra med en kvinna i laget, blir gofika varje dag då kan jag tänka." Åke skrockar igen.

"Hon lär inte kunna baka lika goda bullar som jag i alla fall." Stures röst stockar sig. De bullarna är berömda i stora delar av Värmland. Peter och hans kompisar kunde sluka en hel plåt när de var tonåringar. Även Magnus vänner brukade dyka upp på söndagar, som var den stora bakdagen. Han ska ta mig tusan baka inför lördag.

"Nej, de har vi saknat de senaste åren. Vi ses då!"

"Jag ser verkligen fram emot det!"

Sture lägger på och låter tårarna trilla fritt. 65 år som medlem i Dejes jaktlag, det är lång tid. Så frustrerande att inte kunnat jaga de senaste åren. Fick i alla fall ha kvar platsen, men i år gick det inte längre. De behövde en aktiv medlem. Jaktlaget var som en andra familj. En fungerande sådan. Utan krångel. Efter pensioneringen var de räddningen, ett sammanhang och en möjlighet att fortfarande vara en del av en gemenskap.

En knackning på dörren får Sture att skaka av sig tankarna och snyta sig ljudligt. Sköterskan Aisha kommer in.

"Hej Sture. Eftersom det är torsdag idag så ska vi duscha." Hennes röst är hurtig och hon har på sig gummistövlar, förkläde och plasthandskar. Lukten av desinfektionsmedel är stark omkring henne.

Varför säger de vi? Det är ju bara han som duschar. Känns jobbigt att behöva hjälp med så privata saker. Att klä av sig inför unga flicksnärtor och få hjälp i duschen är förnedrande.

"Vet du att jag var polismästare?" Sture reser sig mödosamt. "Jag har löst brott sen långt innan du föddes. Kanske till och med innan dina föräldrar fanns."

"Så spännande. Klär du av dig själv eller ska du ha hjälp?" Aisha är helt fokuserad på uppgiften hon har framför sig.

"Var är Linus? Jobbar inte han idag?" Med en djup suck reser sig Sture upp och kränger av sig skjortan. Han ser sig omkring efter morgonrocken. Känns mindre utsatt med den på. Suckar igen när han inser att den hänger inne i badrummet.

"Linus städar inne hos Gerda. Så det är du och jag. Då tar vi byxorna också. Nu måste vi snabba på om vi ska hinna duscha innan middagen." Aisha kommer närmare och gör en ansats att böja sig ner för att hjälpa till.

"Jag kan prova själv idag. Om du väntar utanför." Sture backar ett steg, men håller på att snubbla så han sätter sig igen.

"Du vet att det inte fungerade sist, då föll du." Aisha närmar sig igen.

Sture vinkar avvärjande, reser sig och drar av sig byxorna. Strumporna måste han få hjälp med. Aisha böjer sig ner och drar av dem med en snabb rörelse. Kalsongerna får vara kvar tills de kommer in i badrummet, som är väl tilltaget. Där finns en toastol med handtag och en duschstol. Lika bra att få detta överstökat, de får bara duscha varannan vecka, så det är välbehövligt. Skönt att vara fräsch när han ska träffa Åke.

"Jag tänker baka bullar i morgon."

"Det blir nog bra. Men nu ska vi duscha. Av med kalsongerna."

Fredag - Greta

Lukten slår emot Greta direkt hon kliver innanför dörrarna till det gråa huset med gröna balkonger. Desinfektionsmedel, köttbullar med brunsås och urin. Samt något mer svårdefinierbart som kanske helt enkelt är lukten från gamla kroppar. Hon känner väl igen den från tiden då hennes mamma bodde på ålderdomshem. Fast så säger man inte längre. Vad var det det stod när hon sökte på Hagaborg? Jo, trygghetsboende var visst rätt term nu. Borde inte alla boenden vara trygga? Speciellt där äldre bor.

Den breda korridoren, anpassad efter rullstolar och rullatorer, är målad i institutionsgult och har de obligatoriska konsttrycken på väggarna. Greta minns när Sandra sommarjobbade på hemmet, hur illa berörd hon var över att de gamla lämnades ensamma så mycket medan den ordinarie personalen satt och drack kaffe och pratade i personalrummet. Och suckade när det kom larm. Hur illa de hade behandlat dottern som hellre suttit inne hos någon av pensionärerna och tittat i fotoalbum, tagit dem på en promenad, högläst tidningen eller städat lite extra i en lägenhet. Men det var ju ett tag sedan nu. Med alla neddragningar som skett inom äldreomsorgen fanns förmodligen inte tid att dricka kaffe, varken med eller utan de boende. Allt ska slimmas och sparas in. Nej, nu måste hon fokusera på sitt uppdrag. Greta skakar av sig minnena och ser sig omkring.

En man i landstingsuniform skyndar fram genom korridoren.

"Ursäkta, jag söker Sture, vet du var jag kan hitta honom?"

"Sture? Det finns minst fem personer som heter så här. Är du en anhörig eller?" Mannen ser uppfordrande på henne.

Attans, får kanske inte vem som helst hälsa på? Vad för slags detektiv är hon som inte ens tagit reda på detta? Nu gäller det att tänka snabbt.

"Ja, han är min farbror." Greta har ingen aning om ifall Sture verkligen har eller har haft en bror, men hoppas att personalen inte heller har koll på detaljer om alla de boende. "Alltså Sture Svensson. Polisen."

"Polisen? Han finns på våning 3. Ring på klockan utanför." Mannen hastar vidare.

Det finns hiss, hon trycker på rätt knapp och den skakar igång. Hissen stannar redan på första våningen och en yngling stiger in.

"Ska du hälsa på någon?" Rösten är förvånansvärt mörk och väldigt lugn och behaglig.

"Ja, Sture Svensson."

"Polisen, han är härlig att sitta och prata med. Vilka historier han kan dra. Både från jobbet och från sin tid i jaktlaget."

"Ja, han kan verkligen berätta." Greta har ingen aning egentligen, men spelar med.

Hissen meddelar med metallisk röst att de är på våning 3 och dörrarna öppnas med ett litet gnissel. Här finns en dörr med en handtextad skylt prydd med barnsligt ritade blommor där det står *Välkommen* och namnen på alla som bor där. Mycket riktigt finns två Sture bara på denna avdelning. En ringklocka sitter på väggen. Hon plingar och väntar. Inget händer. Så bra att han verkar tycka om att prata om jakten. Det bör göra hennes uppdrag lättare. Varför öppnar ingen? Hur länge bör man vänta innan man plingar igen? Greta tar upp mobilen, scrollar Facebook, gillar några bilder och inlägg.

Efter några minuter trycker hon på knappen igen. Hör signalen tydligt på andra sidan dörren. Ingen öppnar. Hon tar åter upp mobilen. Växlar användare på Facebook. Det har kommit ett nytt inlägg i gruppen Dejes jaktlag. Åke hälsar alla välkomna till årets jakt med en bild på den största älgen de fällde förra året. Magen vänder sig när hon ser den tomma blicken, hålet i den vackra kroppen och blodet. Hur kan någon vilja döda ett så magnifikt djur? Eller någon annan varelse överhuvudtaget? Det övergår hennes förstånd. Greta scrollar lite i gruppen och läser de inlägg som gjorts. De handlar mest om praktiska saker. Så finns några delade klipp och bilder på byten och vackra vyer. Hon kommenterar Åkes inlägg, skriver att hon ser fram emot sin första jakt med nya laget. Sedan trycker Greta på ringklockan en tredje gång, lite för länge för att det ska vara okej. Men nu hörs steg innanför dörren och en kvinna öppnar.

"Ja?"

"Jag ska träffa Sture Svensson, jag har pratat med honom på telefon."

"Jaha, det är därför han har bakat hela förmiddagen."

Greta känner lukten av kanelbullar precis samtidigt som hon hör kvinnans ord. Så Sture har bakat, så trevligt. Alltid lättare att prata om man har något att göra samtidigt. Hon hoppas att bakandet ska ha fått Sture på gott humör, så han är lättpratad.

"Var kan jag hitta hans rum?"

"De som bor här har faktiskt egna lägenheter. Stures är den som har dörren på glänt."

"Tack för hjälpen." Greta låtsas inte höra kvinnans spydiga ton utan tränger sig in genom dörren och följer kaneldoften.

"Hallå Sture, jag är här nu!" Greta kliver in i lägenheten, som mycket riktigt har ett rum och kök. Hon hittar Sture vid köksbordet, bakom ett stort fat med gyllenbruna bullar.

"Greta, vad roligt att du ville komma. Som du ser sitter bagartakterna i, det trodde jag inte själv!" Sture ser nöjd ut.

Greta ser sig omkring. Hela köket är en enda röra, med disk och mjöl överallt, till och med på Stures kinder och kläder. Men hela han strålar.

"Härligt att mötas av doften från dina fantastiska bullar. Det sätter i gång smakminnet och saliven vill jag säga." Greta ler mot honom. Sture är sig lik, även om det är svårt att föreställa sig den lite barske kommissarie hon arbetade med full av mjöl.

"Så bra. Tänkte att du nog ville smaka dem. Och vilken härlig känsla det var att baka igen. Att fortfarande klara av något."

"Kroppen har en fantastisk förmåga att komma ihåg hur man gör saker man gjort många gånger." Greta drar ut en stol för att sätta sig.

"Innan du sätter dig undrar jag om du kan koka lite kaffe. Orken tog liksom slut av allt bakande."

Greta startar vant kaffebryggaren och slår sig ner vid bordet ackompanjerad av dess hemtrevliga puttrande.

"Det där ljudet var länge sen jag hörde. Blir inte av att brygga när man är ensam." Sture torkar bort lite mjöl från ena kinden.

"Hur har du det? Roligt att se dig igen efter alla dessa år!" Greta sopar ihop mjölet från bordet i en hög.

"Jag har det bra. Lite trist att kroppen inte vill."

"Jag förstår. Hur går det med jakten nu?"

"Nu tror jag kaffet är klart. Tar du fram koppar är du snäll. Jag tror de finns i högra skåpet." Sture pekar med en darrig hand.

Greta reser sig och tar fram allt de behöver. Har lite dåligt samvete för att han kört slut på sig själv för hennes skull. För lögnen om bullreceptet.

"Vill du ha socker eller mjölk?"

"Nej, så svart som möjligt." Sture skrattar till. "Svart som min snutsjäl!"

Greta häller upp kaffe i muggarna och sätter sig igen.

"Hur är det med barnbarnet då? Träffas ni något? Visst läste han till lärare?"

"Jo, Magnus är en mycket uppskattad och upptagen lärare vad jag förstår. Dina barn då, hur mår de?"

Greta inser att hennes barn förmodligen fortfarande är små i hans ögon. Hon skrattar till.

"Emelie har två egna barn och de bor i Stockholm hela familjen. Andreas är kvar här i Karlstad och har lilla Selma, farmors ögonsten. Och Sandra, hon är också kvar."

"Har du barnbarn nu? Oj, vad tiden går. Tänk jag trodde jag skulle fått barnbarnsbarn vid det här laget. Men så ville livet sig inte." Sture sörplar när han dricker.

"Så Magnus har inte fått barn?" Greta tar en klunk av kaffet som är starkt och gott. "Delar han ditt intresse för jakt då?"

"Ta en bulle nu, så du får se om de smakar som du kommer ihåg. Du ska få receptet sedan."

Greta tar en bulle från högen och biter en stor tugga. Den smälter på tungan och sprider en angenäm smak av kanel, socker och äkta smör i munnen. Funderar på om Sture börjar bli lite förvirrad ändå eller om han helt enkelt känner igen ett förhör när han är mitt i ett och kan alla knep för att slingra sig.

"Älskade jaktlaget dessa lika mycket som vi på jobbet?"

"Mina bullar har alltid varit mycket populära. Tur man lyckats med något i livet." Sture ser ner i koppen, snörvlar till och ser rakt på Greta. "Har du något skvaller från polishuset då? Det var ett tag sen Gunnar var här och uppdaterade mig."

Greta ger upp, tar ett djupt andetag och berättar det senaste hon vet från deras tidigare gemensamma arbetsplats. Ett halvt dussin bullar slinker i henne under deras samtal och Stures kinder är röda under mjölet när hon till slut reser sig för att gå. Nästa gång ska hon få honom att prata. Frågan är bara hur?

Lördag - Magnus

Nervöst trummar Magnus med fingrarna mot ratten. Han har suttit här och väntat sedan tio. Pappa sa att han skulle släppas ut då. Eller mucka. Nu är klockan halv elva och han har mycket svårt att fokusera på vad den flåshurtiga programledaren på radio säger. Kanske skulle ha lyssnat på farfar och låtit bli att hämta. Borde låta pappa klara sig själv någon gång, men det är så svårt.

Resan till Karlskoga tog en timme. Anstalten ser ut som de brukar, ett rött tegelhus med högt stängsel. Magnus har tappat räkningen på vilken gång i ordningen han hämtar sin pappa. Eller hur många liknande byggnader han suttit utanför.

Han tar upp mobilen. Facebook frågar vad han gör just nu. Inget han är stolt över eller vill sprida till sina 462 vänner, så det blir ingen statusuppdatering. Scrollar igenom flödet. Tittar på klockan igen. 10.46. Utanför fönstret hoppar några fåglar omkring i en vattenpöl. Anstalten har i alla fall träd på gården, alltid något. De sprakar i höstfärger. Magnus tittar sig i backspegeln. Terminens intensiva start har satt spår i mörka ringar under ögonen. Han kollar noga så att det bruna håret inte fått flera gråa strån. Har funderat på att färga, men vet att högstadieeleverna skulle kommentera direkt och kalla det för åldersnoja. Men är det vad han har? Att bli äldre känns egentligen inte jobbigt. Fast fru och barn fanns nog med i bilden av livet vid 40. Minst tre, barn ska ha syskon, något han alltid saknat. Men så blev det inte.

Grindarna öppnas och han ser en välkänd figur komma släntrande med en Coop-kasse i handen. Pappas packning efter tre år. Så typiskt honom. Peter öppnar bildörren.

"Tja."

"Hej pappa."

"Säg Peter. Du vet att jag föredrar det. Kan vi svänga förbi Donken, har längtat så efter snabbmat." Han slår sig ner efter att ha slängt kassen i baksätet.

"Max är klart bättre. De har ett hållbarhetstänk som jag gillar."

"Hållbara hamburgare? Viktigast är väl att de håller ihop tills de kommer in i munnen. Då ska de ju ända tuggas. Men okej, bara de har en meny med extra allt."

"Vad har du för planer sen då?" Magnus startar bilen, tittar i backspegeln och svänger ut från parkeringsfickan.

"Jag har precis muckat, måste du börja snacka om planer redan?" Peter stryker bort luggen från ögonen och trummar med fingrarna mot knäna. "Du är inte min morsa."

"Nej, sist jag kollade var jag ditt barn. På papppret. Men så har det väl inte varit på många år, eller hur." Magnus ångrar orden i samma stund som de kommer ut. "Men nu åker vi till Max så du får din hamburgare." Han svänger ut på E18 och behöver fokusera på trafiken ett tag.

Peter böjer sig fram och byter kanal på radion samt höjer volymen.

Resan känns längre på vägen tillbaka men äntligen svänger de in på hamburgerkedjans parkeringsplats, kliver ur bilen och går in.

"Men vad fan, har de inget kött längre? Kyckling, halloumi och sallad? Har alla jävlar gått och blivit militanta veganer eller?"

"Kyckling och halloumi är inte veganskt pappa." Magnus vill helst av allt vända på klacken och gå ut till bilen igen, men han biter ihop.

"Och Plant-beef, vad fan är det?" Peters röstläge är så högt att folk omkring dem tittar upp från sina måltider.

"Du behöver inte skrika. Det är en växtbaserad burgare, faktiskt jättegod."

"Växtbaserad? Driver du med mig? Själva poängen med en burgare är ju köttet. Ska vara en saftig bit nötkött. Gärna bacon, ost och massa dressing. Har de nåt sånt eller?"

"Självklart, jag beställer så kan du gå och sätta dig så länge." Magnus suckar tungt och beställer ett mål till sin pappa samt en plant-beef till sig själv. Helgen kommer bli riktigt lång. Skönt att han ska träffa Andreas i morgon och få en anledning att lämna lägenheten. På måndag har pappa förhoppningsvis möte med övervakaren för att få planen sjösatt. För det måste finnas en plan denna gång. En som håller.

"Här är maten."

"Och du lurar inte i mig något växtskit nu va?" Peter tittar skeptiskt på burgaren som ligger i en kartong. "Det här är kött eller?"

"Ja pappa, det är kött."

"Peter heter jag!" Meningen är svår att höra då munnen är full med hamburgare. "Fan vad gott. Fängelsemat är inget vidare, ska du veta." Rösten är åter lite för hög och Magnus ser sig omkring. Vill inte riskera att någon av hans elever är här. Vissa saker vill han inte att de ska veta om honom, att hans pappa tillbringar mer tid i fängelse än ute i det fria står överst på den listan.

"Jag vet, du brukar säga det varje gång vi ses." Magnus tar en tugga av sin veganska burgare och hoppas på en måltid under tystnad. Finns så otroligt mycket att säga. Så väldigt många ämnen som bör undvikas. Sådan massa sorg, ilska och frustration som borde ut. Så mycket som absolut inte får komma ut.

"Bor du kvar i lägenheten? Jag tänkte slagga på soffan ett tag."

Ingen fråga, utan ett påstående, som vanligt. Magnus kinder färgas röda och han tar ett djupt andetag.

"Vad har ni kommit fram till på era behandlingskollegium?"

"De ger jag inte mycket för. Mest en massa skitsnack, med löften som ingen håller."

Minst av allt du, tanken bara slinker fram, men stoppas innan den blir ord.

"Du har väl jobbat ihop pengar så du kan betala en hyra?" Magnus lägger ner resterna av sin burgare. Kan inte äta mer, fast den var god som vanligt.

"Man får fan bara 13 kronor i timmen för att slita på verkstadsgolvet. 13 spänn. Inte särskilt motiverande, eller hur?"

"Kanske inte meningen att man ska bli rik av att sitta inne." Magnus biter sig i tungan, att det ska vara så svårt att inte vara spydig. "Jag kan följa med dig till Frivården på måndag. Så får vi se vad de säger. Tills dess kan du självklart bo på min soffa."

"Jag har möte med dem på onsdag. Men går dit själv, är väl ingen unge heller." Peter slickar högljutt bort dressingen som runnit mellan fingrarna. "Kan jag få en till burgare. Blev inte mätt på den här."

Magnus suckar och går och beställer en till. Längtar redan till onsdag.

Söndag - Greta

Greta räknar till tio missade samtal och 14 sms från Gunnar sedan i onsdags. Hon lägger ner mobilen och tar upp den senaste jakttidningen. Bläddrar igenom den men kan inte koncentrera sig på texten och mår fortfarande illa av bilderna. Måste de fotografera djuren efter de dödat dem? Hon tar upp telefonen igen. Läser igenom alla meddelanden. Han vill verkligen ses. Tittar på bilderna i tidningen, måste vänja sig vid att se blodet och köttsåren efter kulorna. Tar upp mobilen och går ut på Gunnars profil på Facebook. Inget nytt sedan i morse. Nej, nu är det hög tid att förbereda morgondagen. Mobilen får bo i fickan när Greta går ner till vapenskåpet i källaren. Dags att gå igenom allt eftersom det blir en tidig start i morgon. Nyckeln är kvar där uppe, bara att ta trappan upp och hämta den. Passar på att packa kläderna och den utrustning hon behöver. Går ner i källaren igen, denna gång med nyckel. Mobilen bränner i fickan. Kanske dags att ta tag i detta nu. Lika bra att ringa och säga som det är. Öppnar skåpet och ser gevären, vet vilket hon ska ta med. Inte det pappa hade med på sin sista jakt, det går inte. Hon kollar kulorna, finns inte så många av klass 1, men hon planerar inte att skjuta, så de bör nog räcka. Låser skåpet igen och lägger nyckeln i fickan. Där ligger mobilen. Gunnar förtjänar ett telefonsamtal.

"Hej Greta! Äntligen ringer du!" Hans röst är glad och förväntansfull.

"Hej Gunnar. Det är en sak…" Greta slår sig ner vid köksbordet. Ett snabbt samtal var det.

"Eftersom vädret är så underbart tänkte jag ta en promenad vid älven. Kan hämta dig om en halvtimme."

"Alltså jag skulle bara säga att…" Greta kämpar för att få orden på plats.

"Jag gör i ordning lite matsäck och en kanna kaffe."

"Jag tänkte…" Hon tittar desperat ut genom fönstret som för att hitta orden där.

"Då ses vi snart, vad härligt!" Värmen hörs genom telefonen.

Greta står kvar och bara tittar på den tomma skärmen. Samtalet gick inte riktigt som planerat. Men en promenad är kanske bra, det är lättare att prata när man går. Blir inte lika intensivt utan ögonkontakt. Inte lika kravfyllt som vid ett matbord. Och att höstdagen är fantastisk går inte att förneka. Solen skiner och löven bjuder på en färgpalett från grönt till klaraste rött utanför fönstret.

Exakt 30 minuter senare ringer Gunnar på dörren. Det hugger till i Greta när hon ser honom, är tvungen att ta tag i dörrkarmen och blunda en stund. Ta tillbaka sitt fokus på det hon måste göra.

De går ner till älven och tar en rask promenad i den krispiga höstluften. Om man tittar ut över vattnet så är det som att vara mitt i naturen, inte inne i en stad. Den långa hotell-längan med en bensinmack bredvid är det enda som bryter av. Älven är spegelblank och de ser alla träd reflekteras i vattnet. Tittar man åt andra hållet ser man de pampiga husen som ligger längs med stranden. Gunnar underhåller henne med historier om kollegorna och de senaste samtalen från den galne tipsaren, en man som ringer tre gånger om dagen. Med tips som är helt osannolika och inte sällan innehåller både utomjordingar, Elvis och djur med åtta ben som begår grova brott. De går förbi trädgården med det upphöjda lusthuset varifrån man måste ha en otrolig utsikt. Kommer fram till bron och går över den för att sedan ta höger innan Värmlands museum. Denna vackra byggnad med sina stora fönsterpartier, ett favoritställe. Utan att Greta märkt hur det gick till går de armkrok och hon känner Gunnars värme genom jacktyget. En värme som sprider sig till hela kroppen och sätter igång tankar på den där julfesten då de dansade till *My way*. Hon tar ett djupt andetag, nu måste det ske.

"Greta, jag tycker verkligen väldigt mycket om dig." Gunnar stannar och vrider sig emot henne. Tar hennes hand i sin. "Jag har gjort det ett bra tag. Sen innan den där julfesten om du minns."

Klart hon minns. Greta sväljer, flackar med blicken. Går inte att se in i hans ögon och säga vad hon måste säga. Hon blundar och tar sats. Men så känner hon hans läppar mot sina. De är mjuka, ömsinta och benen viker sig under henne. Gunnar fångar upp Greta och håller henne i sin famn. Han luktar gott.

"Gunnar, jag kan inte. Det går inte." Gretas röst försvinner in i hans bröstkorg, drunknar i det tjocka jacktyget.

"Vad sa du?" Gunnar släpper greppet lite, men Greta klamrar sig fast. "Jag hörde inte."

"Det går inte." Rösten är om möjligt ännu tystare.

"Vad är det som inte går?" Gunnar skjuter henne varsamt ifrån sig. "Förut var vi kollegor, något som ställde till det lite. Men nu jobbar vi inte ihop längre och både du och jag lever ensamma. Jag tror inte att jag inbillar mig när jag säger att vi har något speciellt."

"Jag behöver sitta ner en stund."

"Där borta finns en bänk. Vi tar lite fika. Men sen får du berätta vad du tänker, för jag förstår inte." Gunnar leder henne bort till bänken och breder ut sin halsduk för dem båda att sitta på.

Ostsmörgåsarna och kaffet smakar ljuvligt i solskenet på bänken. De har gått så de har museet bakom sig och det glittrande vattnet framför fötterna. På sommaren är här fullt av badande människor i alla åldrar och storlekar. Tänk att kunna bada mitt inne i en stad, det har alltid fascinerat Greta. Hon och barnen har gjort det många gånger under deras uppväxt. Varma somrar badade de flera gånger om dagen och de tog alltid ett kvällsdopp. Vad hon saknar den tiden. Hon minns hur de brukade kivas om vem som skulle ha vilket av husen på andra sidan vattnet och hur Sandra oftast fick nöja sig med det lilla rosa, bara för att hon var yngst. Emelie skulle ha det stora röda, förstås och Andreas det gula som låg mitt emellan. Samma ordning som de hade i syskonskaran. Andreas brukade dock oftast erbjuda Sandra att dela det gula med honom, så Greta och Bengt kunde ta det rosa. Hon ler vid minnet.

"Vad tänker du på?"

Greta hoppar till, hon var så inne i sina egna tankar att hon för en stund glömt bort Gunnar.

"Älven och livet och vad som varit."

"Låter fint. Men prova att tänka på vad som kan bli i stället. Jag vill veta dina tankar om oss."

"Det finns inget oss Gunnar."

"Nej, inte än. Men det skulle kunna finnas." Gunnar häller upp mera kaffe i deras muggar. "Jag går i pension efter nyår. Då får vi mycket tid att ses. Vi kan resa, lösa korsord, gå roliga kurser eller bara vara ute i naturen, vad du vill."

"Jag har lite saker att reda ut först. Saker som legat i väntan på att jag ska gå i pension."

"Jag kanske kan hjälpa dig att reda ut dem."

Greta ryser vid tanken på att en polis skulle få reda på vad hon har gjort. Vad hon planerar att göra. Det går bara inte. Att försöka lura Sture räcker, trots sin ålder har han polisinstinkten kvar, det märkte hon i fredags.

"Fryser du? Här, ta min jacka." Gunnar tar av sig jackan och lägger den om hennes axlar. Så fin och omtänksam, väldigt lik Bengt. Greta reser sig upp så jackan faller ner på bänken.

"Jag måste få tänka Gunnar." Hon räcker honom koppen. "Tack för fikat och sällskapet. Jag promenerar hem själv." Greta ser hur Gunnars varma leende förvandlas till en mycket sorgsen min.

"Tro inte att jag inte tycker om dig, för det gör jag. Mycket. Men

66

det finns en sak jag måste få avsluta först." Hon vänder sig om och går snabbt därifrån. Orkar inte se hans ledsna ögon. Det svider i magen och bakom ögonen. Yrseln sköljer över henne. Måste hem fort innan allt brister.

Hem och bli Kristina.

Måndag - Emelie

Klockan ringer redan 05.30, det ger Emelie en extra halvtimme att få ordning på veckan. Går igenom skörden av mejl från skolan med påminnelser om gympakläder, utflyktsmatsäck, lappar som ska skrivas under och utvecklingssamtalstider som ska bokas. Kollar snabbt både Skolplattformen och Schoolsoft, kan inte alla skolor använda samma system? Det är en himla massa att hålla reda på, olika design och upplägg och så skickar lärarna mejl dessutom. Egentligen är det fullt tillräckligt att lära sig de datalösningar hon har på jobbet, när arbetsplatserna varierar från år till år och alla valt olika system. Skapas lätt härdsmälta i huvudet. Därför är dessa tysta måndagsmorgnar så viktiga, de är enda chansen att se till att veckan flyter på som den ska. Informationen fyller hon i schemat på väggen, olika färger för olika familjemedlemmar. Läxor och sysslor står också med, samt allas aktiviteter. Veckans meny har en egen färg. De kom fram till vad de ska äta gemensamt igår, alla väljer varsin dag och sedan resonerar de sig fram till helgens tre middagar. Luncherna på helgen brukar bli Här-har-du-ditt-kylskåp, titta vad som finns och använd din vildaste fantasi för att förvandla det till något som ingen rynkar på näsan åt.

Precis när Emelie skrivit in pizza på söndag kväll hör hon Mattias alarm inifrån sovrummet. Hon trycker igång kaffebryggaren som hon laddade igår kväll, efter hon fyllt och startat diskmaskinen och snabbar sig in i badrummet för att hinna ta duschen först. Så fort barnen vaknar blir det en ny match i vardags-tetris för att få alla klara i tid för skola och arbete. Arbete ja, dags att ta tag i jobbsökandet igen. Fredagskvällen ägnade hon åt att skicka in fem ansökningar till jobb som kommunikatör hos Svenska kyrkan, personlig assistent åt en femåring, innesäljare i en sportaffär, receptionist på ett hotell samt telefonintervjuare. Dessutom hade hon mejlat sitt fem sidor långa CV till ett antal ställen som hon tyckte verkade intressanta. Efter att ha uppdaterat det med den senaste arbetsplatsen förstås. Det gällde att söka brett, varje utannonserad tjänst fick hundratals sökande, det visste hon. Idag måste hon försöka få tid att ringa några samtal, under arbetstid, helst utan att någon märker det. Visst hade Marika sagt att det var okej att gå på intervjuer, men samtidigt vet Emelie att resultat är det enda som räknas. Att man förväntas lägga all sin tid och energi på att värva medlemmar och öka på statistiken, göra teamet till det bästa. Även detta år. Prestera. Motivationen är rätt låg just nu. Känns viktigare att hitta ett arbete. Cecilias ord om att det är lättare att få ett jobb när man redan har ett ringer i öronen, i gott sällskap av Mattias uppmuntringsförsök igår kväll där han berättade om forskning som visar att man är körd på arbetsmarknaden efter 40. Otroligt uppmuntrande. Han menade att det inte är hennes fel om hon inte får jobb, det är samhället som är sjukt, men inte kändes det vidare värst bra att höra.

"Mamma, jag måste kissa."
"Jag med."
"Älskling, det är kö här ute, kanske dags att komma ut nu."

Emelie stänger av duschen och tittar på mobilen. 06.20, nu har de bråttom. Duschen blev visst längre än hon tänkt sig. Hon är knallröd på hela kroppen och spegeln är alldeles immig. När hon vrider om låset stormar hela hennes familj in. De invaderar det inte särskilt stora badrummet och hon flyr till sovrummet för att hitta kläder att ta på sig. De behöver verkligen en större lägenhet, eller allra helst ett hus, men så länge hon inte har en fast tjänst kan de se sig i stjärnorna efter lån. Tänk att ha två badrum och en walk-in-closet. Fast den skulle nog eka ganska tom, med tanke på hennes klädbudget de senaste åren. Hon tittar på de tiotal plagg som hänger i hennes garderob. Försöker minnas vilken tunika det var längst sedan hon använde på jobbet. Cecilia byter kläder varje dag, ofta helt nya klänningar eller koftor. Emelie vet att hon med lätthet fyller upp hela klädkammaren där hemma plus två av deras tre extra dubbelgarderober. Hennes man och barn får dela på den tredje. Fast ibland var det bra att ha en vän med överdrivet mycket kläder. När Emelie skulle gå på begravning för några år sedan kunde Cecilia låta henne välja mellan inte mindre än 12 svarta kjolar och 14 koftor i samma färg.

Hon hittar till slut en blommig tunika och ett par tights som hon drar på sig. Kollar mobilen. Inget sms från Cecilia, hon har inte svarat på meddelanden på hela helgen, vilket är mycket ovanligt. Emelie är nyfiken på varför Marika ville prata med Cecilia i fredags strax innan de skulle gå hem. Men inget svar. Magen svider till och den välbekanta yrseln gör att hon måste sätta sig ner på sängkanten en stund.

När Emelie kommer ut i köket sitter Wilma och rör varv på varv i sin oboy-mugg. Hon är ingen frukostmänniska och har aldrig varit det. Klockan på väggen visar 06.44.

"Ät upp din macka nu gumman, annars kommer vi försent."

"Kalla mig inte gumman!"

"Var är William?" Emelie häller upp kaffe i muggen samtidigt som hon ser sig omkring i köket. Resultatet blir att hon får kaffe på de rena kläderna och golvet.

"Faan också!" Det bränner till rejält på benet och hon tappar kaffekannan som självklart krossas och varmt kaffe stänkmålar den beiga tapeten och hennes fötter och ben.

"Vad händer?" Mattias sticker in huvudet genom köksdörren och hajar till när han ser röran. "Vad gör du älskling?"

Emelie sätter händerna för ansiktet och vrålar rakt ut. Hon skriker tills luften tar slut och hon sjunker ihop i en liten hög i kaffesjön runt hennes fötter. Det är knäpptyst i lägenheten. Så känner hon en hand på sin axel.

"Här mamma, du får låna Nallis." Wilma sträcker fram sin favoritnalle. Öronen är helt trasiga, eftersom hon snuttat med dem sedan hon var riktigt liten. Emelies tårar börjar rinna samtidigt som hon känner hur kaffet sipprar in i trosorna.

Tisdag - Greta

Greta stänger ytterdörren försiktigt och vrider om nyckeln. Vill inte att någon av grannarna ska vakna och se henne ge sig av så här tidigt. Onödigt med en massa frågor. För säkerhets skull har hon parkerat bilen på en gata längre bort och utrustningen ligger kvar där. Allt utom ryggsäcken med matsäcken och geväret. Hon har vanliga kläder nu ifall någon skulle råka se henne. Att byta om i bilen är bökigt, särskilt byxorna krånglade igår morse, men det är bäst att vara försiktig. Undvika frågor. Hon går på sidan av grusgången för att inte stegen ska höras. Det är fortfarande mörkt, solen går inte upp än på en timme. Det är bra. Hon når häcken och öppnar den svarta smidesgrinden, som hon smort i helgen för att den inte ska gnissla. Planen fungerar och hon är ute på gatan. Drar en lättnadens suck och vänder sig om.

"Greta! Är du vaken så här tidigt! Jag trodde pensionärer tog sovmorgon varje dag till skillnad från oss knegare." Göran står i dunklet vid sin brevlåda med morgontidningen i handen.

Greta släpper geväret i häcken och hoppas att han inte hunnit se det.

"Ja, jag tänkte ge mig ut och leta lite kantareller. Äntligen har jag tid för sånt!"

"Ska du plocka svamp i mörkret? Hoppas du har pannlampa." Göran skrattar högt.

Greta önskar att han kunde vara lite tystare, vill inte att fler grannar vaknar eller tittar ut och börjar fundera och ställa frågor.

"Jag har ett svampställe som ligger en bit bort. Så det är bra att komma i väg i tid. Sovmorgon kan jag ju ha alla andra dagar." Greta skrattar också, men hör själv att det låter tillgjort.

"Tyckte minsann att jag såg dig igår morse också. Ännu tidigare än idag tror jag bestämt. Stämmer det?"

"Nu låter du som mina förra kollegor, är det här ett förhör eller? Måste jag ringa efter min advokat?" Nu får Greta till ett skratt som låter mer naturligt. "Nej, nu har jag inte tid med dig längre, skogens guld väntar på mig." Hon hastar i väg längs gatan, geväret får ligga kvar i busken.

Göran lär väl gå in någon gång så hon kan hämta det. Inte så bra att ha vapen liggande hur som helst, även om det självklart inte är laddat. Greta fnissar till lite i den kyliga morgonluften. Förmodligen är hon den enda älgjägaren som suttit på pass en hel dag utan att ha några patroner i geväret. Men igår var en skön dag. Många fåglar hade hon sett, kikaren var en bra investering. Hon fick se en räv och en rådjursfamilj på riktigt nära håll. Och faktiskt också en älg, vilka mäktiga djur och vilka horn. Den hade kommit klivande ut ur skogen och gått över kalhygget, precis framför henne. Hon bad en stilla bön att ingen annan i jaktlaget skulle få syn på den.

När Greta lite senare anländer till uppsamlingsplatsen, med geväret som hon hämtat från busken, är alla andra redan där.

"Kristina, bra att du kunde komma." Åkes röst är allt annat än välkomnande. "I det här laget passar vi tiderna."

"Förlåt, bilen startade inte när jag skulle åka. Kommer inte hända igen, jag lovar." Greta tar sin ryggsäck och geväret och ställer sig i ringen med de andra.

"Okej. Då intar vi samma platser som igår. Ses för lunch 12.00." Åke kastar en blick på Greta när han säger det sista. "Och så hoppas vi på bättre jaktlycka idag. Vi har tre älgar att skjuta."

"Och jag har ett nytt kikarsikte att prova. Swarovski." Lennart klappar nöjt på sitt gevär innan han slänger upp det på axeln och stövlar i väg.

Greta slår följe med Jan och hans hund. Den drar i kopplet, ivrig att komma lös. Hon är inte så bra på hundraser, men den är gråvit och har en lustig knorr på den yviga svansen, faktiskt rätt söt. Kanske ska skaffa hund nu när hon har tid över. Fast djur i fångenskap gillar hon egentligen inte.

"Fin hund."

"Ja, Imra är min bästa vän. Vi har varit på många äventyr tillsammans och hon sviker aldrig."

"Hur länge har du jagat?"

"Det blir nog en sisådär 27 år nu tror jag." Jan föser undan en grankvist. "Blev en plats ledig i laget då, något som passade mig bra. Jag hade haft jägarexamen ett tag, men som inte riktigt tagit tag i att hitta ett lag härnere."

"Vilken tur du hade. Verkar inte hända så ofta att platser blir lediga." Greta får anstränga sig för att hålla jämna steg med Jan som har längre ben och större vana att röra sig i skogen.

"Så är det nog. Jag hade som tur. Men inte stackarn vars plats jag fick."

"Vad menar du?" Greta flåsar i hans höga tempo.

"Han sköts visst till döds. En olyckshändelse, fruktansvärt." Jan stannar upp så plötsligt att Greta är på väg att gå rakt in i hans breda rygg.

"Oj, det hade jag ingen aning om. Vad hemskt." Greta sväljer febrilt för att hindra frukosten från att komma upp. Bilden av pappa helt blodig sitter etsad på näthinnan.

"Det här är dödliga saker." Han klappar på geväret. "Så var försiktig Kristina. Här ska vi gå neråt. Vi ses!" Jan böjer sig ner och kopplar loss Imra. Sedan försvinner han i väg med snabba steg, hunden springer före.

Greta följer dem med blicken. Skönt att han hade så bråttom, hennes ansiktsuttryck avslöjar förmodligen alldeles för mycket. Hon torkar sig i ögonen, tar ett djupt andetag och letar fram vattenflaskan ur ryggsäcken. Dricker girigt några klunkar så illamåendet lättar. Sedan fortsätter hon mot sitt torn. Jan vet alltså inte vad som hände. Det var en missräkning, han är en av de lite äldre i laget och skulle verkligen kunnat varit med på pappas tid. Åke vågar hon inte närma sig med frågor, han är så bister. Då återstår bara Nils och Lennart. Övriga fem är alldeles för unga.

Älgtornet står där i morgondimman och fåglarna kvittrar. Löven sprakar i olika nyanser av gult, orange och rött och luften är så där spröd som den bara kan vara en solig höstdag. Greta bestämmer sig för att njuta av naturen och glömma efterforskningarna en stund. Det är ändå inget hon kan göra just nu. Hon har med sig boken hon fick i 66-års present av Andreas, självklart en av Selmas. Titeln *Höst* passar så bra i den här miljön. Med en kopp kaffe i handen och den bleka solen i ansiktet slår hon sig ner i tornet. Då hör hon ett skott eka inifrån skogen.

Onsdag - Magnus

"Hallå!" Magnus tar av sig skorna och ställer dem på skohyllan. Han lyfter samtidigt upp sin pappas skor som ligger mitt innanför dörren och ställer dem bredvid. Det är alldeles tyst i lägenheten.

"Jag är hemma nu!" Han går in i köket, där frukostgrejerna fortfarande står framme och har fått sällskap av en tom pizzakartong och en nästan urdrucken tvåliters läskflaska. Han ställer in det numera flytande smöret och den svettiga osten i kylskåpet. Mjölken är nog bara att slänga, brödet funkar kanske att rosta i alla fall, även om det blivit torrt. Disken hamnar i diskmaskinen innan han fortsätter in i vardagsrummet. Där ligger Peter i soffan. Den urtvättade t-shirten har halkat upp och visar en hårig mage som väller ut ovanför mjukisbyxornas linning. Bara han inte var klädd så där vid sitt viktiga möte. På golvet ligger en chipspåse och Magnus favoritpläd, full av smulor. Rummet luktar instängt och svett. Han böjer sig ner och skakar pappa.

"Vad gör du?" Peter tittar yrvaket upp. "Jag måste pissa." Han reser sig och vinglar i väg till badrummet. Utan att stänga dörren efter sig, som vanligt.

Magnus hör hur det skvalar följt av ljudet av en spolning. Ingen handtvätt. Detta fungerar inte alls. Varje gång blir det likadant. Men nu är något annorlunda. Den här gången finns Sandra, som han är nyfiken på och vill lära känna bättre.

"Jaha, vad sa din övervakare då?" Magnus ropar ut mot hallen.

"Men kan du andas lite innan förhöret börjar?" Pappa tittar in i vardagsrummet där Magnus håller på och viker plädden. "Sluta plocka och städa hela tiden, som en kärring."

"Det här är mitt hem och jag gillar ordning och reda. Kaos får jag nog av på jobbet. Så länge du bor här får du rätta dig efter hur jag vill ha det." Magnus tar chipspåsen och ett tomt läskglas och går ut i köket. Med sin pappa på soffan kan han aldrig bjuda hem Sandra. Peter har redan förstört hans tidigare relation, då hans ungdomskärlek Josefin tyckt att Magnus var alldeles för eftergiven.

"Apropå det, vad sa de om boende?"

"Men vilket jävla tjatande. Jag behöver en bärs." Peter följer efter in i köket och öppnar kylskåpet.

"Jag har ingen öl eller någon annan alkohol hemma. Något du borde veta vid det här laget."

"Jag vet, så trist. Men jag var förbi Systemet på vägen hem, så det är lugnt." Peter drar med ett triumferande leende ut en påse ur kylen.

"Du vet att jag inte vill att du dricker hemma hos mig."

"Va fan! Då dricker jag den väl på gården då." Peter smäller igen dörren efter sig och den klirrande kassen.

Magnus suckar tungt och slår sig ner på en köksstol. Mobilen plingar till. Ett sms från Sandra. *Tack för alla skratt, precis vad jag behövde. Skrattar gärna mer med dig...* Det hettar till i hela kroppen. Hon vill skratta mer med honom. De hade haft väldigt roligt. Kändes som att de båda behövde få skratta, få förlösas och glömma sina sorger och bedrövelser. Direkt han såg Sandra i söndags utanför biografen sög det till i magen och började pirra i händerna. Säkra tecken på känslor han inte känt på mycket länge. Inte tillåtit sig känna. Sandras bruna ögon och ljusa hår, hennes skratt och mjuka röst. Fikastunden som gick över till middag, då utan Andreas som måste hem till familjen. Men det gjorde inget, han och Sandra hade så mycket att prata om, kändes som de känt varandra i flera år.

Magnus reser sig upp och går fram till köksfönstret. Nere på gården ser han pappa på en bänk. En tom ölflaska ligger redan framför hans fötter och han har börjat på en till. Att han sitter därute är inte särskilt bra, grannarna lär börja snacka. Lägenheten ligger i ett lugnt område, det värsta som hänt på de femton år han bott här var en blomma som försvunnit från husets uteplantering.

Andreas hade berättat för honom att Sandras kille varit otrogen och gjort slut med henne samma vecka. Mycket svårt att tänka sig att någon som hade turen att få vara tillsammans med henne skulle få för sig att bli kär i någon annan. Vilken idiot! Nu gäller det att få i väg Peter så han kan få ha ett eget liv. Han reser sig upp, tar på skorna och går ut till bänken.

"Vad sa de på mötet?"

"Tjatar som en kärring gör du också!" Peter tar en stor klunk ur flaskan.

Josefin hade sagt att hans pappa fick styra och ställa hur han ville. Du är helt utan någon som helst jävla stake, var nog det sista hon skrikit till Magnus när förhållandet till sist tog slut efter månader av bråk. Där Peter oftast var ämnet. Hon var den enda längre relation han haft.

"Jag kräver att få veta vad ni kom fram till."

"Hon snackade om nåt jävla Krami, det hörs ju på namnet vad löjligt det är!" En spottloska landar i gruset mellan dem, som för att förstärka pappans ord. Kanske Josefin haft rätt. Farfar hade sagt samma sak i flera år. Inte att Magnus saknade stake, men att han måste säga ifrån till Peter. Sätta ner foten.

"Vad innebär det?"

"Jag slutade lyssna när hon sa Krami. Störtlöjligt!" Peter rotar i kassen vid sina fötter efter ännu en öl.

Magnus tar upp sin mobil. Sandras sms är fortfarande öppet. Ett glädjepirr blandar sig med vreden som kokar i magen. En stunds koncentrerad tystnad uppstår medan han söker sig fram på nätet. Peter rapar högljutt bredvid honom på bänken.

"Krami är ett sätt för dig att komma in på arbetsmarknaden. Man börjar med en kurs på tre veckor. Det verkar bra, kolla upp mer i morgon."

"Du hörde väl vad jag sa. Jag tänker inte vara med i någon löjlig gruppverksamhet. Jag fick nog av sånt när jag satt inne." Peter ritar mönster i gruset med skon. "Det är en jävla massa förkortningar och kurser och skit där. MIK, ETS och ÅP och allt vad de kallas. Jag pallar inte mera. Kan inte en vuxen människa bara få ta en bärs ifred!" Nu skriker Peter så det ekar över gården.

Magnus ser hur det rör sig bakom flera gardiner i fönstren. Han vill inte att grannarna ska börja snacka. Hade tur som fick tag på en så här bra lägenhet, med nära både till vattnet och stan. Nu har han bott här i det gula huset i Viken 15 år och skött sig fläckfritt.

"Du pallar inte mera??? DU? Men jag ska bara ta all skit från dig hela tiden? Jag ska bara ställa upp och finnas där och skjutsa och hämta och lyssna på ditt skitsnack och dina löften om att allt ska bli bättre? Det räcker nu, hör du det?" Magnus vrålar det sista medan han stormar tillbaka mot trapphuset. Väl inne i lägenheten vräker han ner pappas få tillhörigheter i Coopkassen, öppnar köksfönstret och kastar ut den.

"Nu får du klara dig bäst du kan, för JAG pallar inte mera!" Han smäller igen fönstret och slår sig ner på en stol.

Hela kroppen skakar, han känner pulsen ända upp i hårfästet, men också något annat. Ett litet glädjefniss som letar sig upp genom kroppen. Magnus tar upp mobilen, skriver ett snabbt sms och trycker på skicka innan han hinner ångra sig. *Nu är jag redo att skratta mera... Allra helst med dig!*

Torsdag - Greta

"Jag minns fortfarande första gången jag tog ur en älg. Hade bara tagit ur fisk innan och det är stor skillnad."

"Klart det är, älgen är ju kroppsvarm."

"Jag hade blod upp till armbågarna."

Det är svårt att få ner maten när övriga jaktlaget envisas med att dra jakthistorier under lunchpausen. Elden värmer skönt och vädret är härligt även denna dag. Men Greta sväljer och sväljer för att tvinga ner den mustiga grönsaksgrytan i magsäcken. Vet att hon behöver energin för att klara eftermiddagen. Tre hela dagar på pass känns i kroppen. Helt klart viss skillnad mot att sitta i en kontorsstol.

"Kristina, är det köpekött i grytan?" Lennarts röst är retsam.

"Nej du, här köps inget kött. Det är rådjur som jag sköt hos min bror i januari." Greta insåg ganska snabbt att Kristina inte kunde vara vegetarian, så hon har hela veckan haft med sig maträtter som skulle kunna innehålla kött eller med köttsubstitut. Inget hon brukar använda i vanliga fall, men just nu är inget som vanligt.

"Så brorsan och du jagar. Är det någon man känner?" Åke tittar upp från sin matkåsa.

"Nej, han bor nere i Småland." Greta förbannar sig själv för att hon uppfunnit en bror, nu måste hon komma ihåg vad hon säger.

"Vad har ni för gott med er idag då?" Lika bra att styra bort intresset från den där brodern.

"I Småland säger du. Där har man varit och skjutit gris min-
sann." Lennart flinar och lägger in en snus. "Jag har en kusin
utanför Vetlanda. De har stor jaktmark där. Du och din bror kan
väl följa med någon gång."

"Absolut, det låter trevligt." Greta tar en till tugga av den varma
grytan med aubergine och morot.

"Lennart din bock, du är redan gift!" Nils skrattar.

"Jag vet! Ett grant fruntimmer som Kristina är säkert också
upptagen. Eller?" Lennart lägger ner snusdosan och putsar lite på
sitt kikarsikte.

Greta tvingas tänka snabbt. Är Kristina upptagen? För att
slippa insinuationer eller påstötningar från de i jaktlaget vore det
enklast. Men samtidigt måste hon komma ihåg fler lögner om ännu
en person. Det är tillräckligt att försöka minnas vad hon sagt om
Kristina och nu också den nyuppfunna brorsan.

"Äh gubbar, ta och skärp er nu. Kristina har rätt till privatliv
och vi ska ut och skjuta fler älgar. Det räcker inte med den Sara
fällde i tisdags." Åkes röst är bestämd och tål inga motsägelser.
"Även om den var väldigt fin."

"Jag skämtade bara." Nils tittar ner i marken.

Greta ser att han rodnar lite.

"Vi ska vara rädda om våra nya medlemmar." Åke packar ihop
sina lunchgrejer och släcker elden.

De andra reser sig och plockar undan efter sig. Jan är hemma
med migrän, så Sara har Imra. De skyndar i väg, båda verkar lika
ivriga att komma i gång efter lunchpausen. Greta börjar gå och Nils
som har passet bredvid henne lommar efter. Hon vänder sig om
och ser på honom.

"Jag tog inte illa upp. Det är lugnt."

Nils suckar lättat och rättar till kepsen.

"Vi brukar ha en viss jargong när vi jagar. Tills Sara kom med
förra året har det alltid varit bara vi gubbar. Och hon är ju barnbarn
till Jan så hon är som en i gänget."

"Är det vanligt att man jagar med sina barnbarn? Det låter mysigt." Greta stannar till, Nils går om henne och tar täten.

"Vet inte hur andra jaktlag har det, men hos oss har det bara varit Sture och Magnus innan. Men han slutade efter olyckan."

"Vilken olycka?" Greta lägger band på sig för att inte låta för angelägen.

"Det är inget vi pratar om." Nils böjer undan några grankvistar så Greta kan gå förbi utan att få dem i ansiktet.

"Tack! Ibland är det bra att prata. Kan kännas bättre efter."

"Det som har hänt har hänt." Nils ansikte är slutet, inget av den skämtsamma tonen från lunchen finns kvar i rösten.

"Sture, det var väl hans plats jag fick eller?" Greta byter spår i hopp om att lyckas få Nils mer pratsam.

"Jo."

"Var han inblandad i olyckan? Blev han allvarligt skadad? Slutade Magnus på grund av den?" Greta blir andfådd av att prata och hålla jämna steg med Nils.

"Nej, olyckan var för snart 30 år sen." Nils tar av sig kepsen och kliar sig i det glesa håret på hjässan. "Sture blev inte skadad. Han var inte där den dagen." Nils tittar ner i marken och mumlar fram den sista meningen. "Men det var besvärligt för honom ändå eftersom han arbetade som polis."

Han blir tyst en lång stund.

"Det var en besvärlig tid för oss alla." Han snörvlar till och drar ärmen under näsan. "Vi saknade Ingemar mycket. Han var en fin kamrat och en skicklig jägare."

"Var? Är han död? Dödades han i olyckan? Vad var det som hände?"

"Inget blir bättre av att vi pratar om det." Nils snabbar på sina steg så Greta får springa för att hinna med. "Nu ska vi åt varsitt håll. Gräv inte i sånt som är gammalt, det gör mer skada än nytta."

Greta svär tyst för sig själv när hon ser Nils ryggtavla försvinna bland träden. Hon blev alldeles för ivrig, måste vara mycket smidigare om hon ska få reda på något. Uppenbart är det fortfarande känsligt och inget man pratar om i laget.

Greta har svårt att njuta av eftermiddagen i tornet. Trots att solen värmer ansiktet och det är så vindstilla att hon kan höra kvitter och surrande från skogens mindre djurliv. Flera fåglar sätter sig i ett träd i närheten, men kikaren får ligga kvar i väskan. Hur ska hon få veta mera om vad som egentligen hände när allt verkar vara så känsligt? De har alla lagt ett lock över händelsen. Gjort en överenskommelse, kanske en tyst sådan, om att man inte pratar om olyckan. Polisutredningen har hon hunnit läsa flera gånger nu och den har definitivt luckor och brister. Att den ens godkändes är märkligt, men förmodligen underlättade det att chefen för mordroteln var del av jaktlaget.

Hon tar upp sin anteckningsbok och skriver att Nils vet mer än han vill berätta. Greta är på väg att lägga ner boken igen när en mygga sätter sig på handen. Hon viftar bort den. Nils sa förresten något mer, något viktigt hon borde skriva upp. Men vad var det? Just ja, Greta antecknar på samma sida och lägger tillbaka boken i ytterfacket på ryggsäcken. Något att kolla upp så snart hon har tid.

Fredag - Andreas

"Eftersom jag gett dig en fantastisk pojkvän så kan du bjuda på lunchen, det är väl inte mer än rätt?" Andreas tar ett snabbt steg åt sidan och Sandra som måttat ett slag mot hans axel vinglar till men återfår snabbt balansen.

"Magnus är inte min pojkvän och om han är fantastisk återstår att se." Hennes ögon glittrar dock. "Men vi ska träffas i morgon."

"Äntligen! Han har tjatat hål i huvudet på mig hela veckan med prat om dig." Andreas fortsätter gå mot restaurangen. Han är vrålhungrig och vet att Sandra inte brukar ha särskilt lång lunchrast.

Sandra stannar upp i steget.

"Har han? Pratat om mig? Med dig? Vad sa han?" Hon spärrar upp ögonen. "Och ännu viktigare, vad sa du?"

Andreas skrattar och rycker på axlarna.

"Det kan jag inte säga. Har du inte hört talas om vänskapskodexen, man bryter inte ett förtroende."

Sandra tjuter till och går till attack igen. Åter parerar Andreas så hon far förbi och rätt in i en gammal man med rullator.

"Oj, ursäkta, det var verkligen inte meningen." Sandra ler urskuldande, tar upp mannens keps som fallit av och ger den till honom.

Mannen bara stirrar tillbaka, fnyser och går vidare. Andreas skrattar så han knappt kan stå upprätt.

"Såg du hans min. Om blickar kunnat döda hade Magnus varit en sörjande änkling nu."

"Nu är du löjlig! Och dig ska man bjuda på lunch?" Sandra räcker ut tungan åt honom.

"Ja du ska få den stora äran. Och jag tänker ta det dyraste de har. Vi måste ju fira att du bytt ut torrbocken Kalle till en som jag faktiskt tycker om." Andreas öppnar dörren till restaurangen och går in. Han hinner precis dra igen den framför näsan på sin syster och får exakt den reaktion han hoppats på. Har saknat att munhuggas och retas, det har inte varit läge de senaste två veckorna, men nu verkar Sandra vara tillbaka.

De beställer varsin sushi. Bäst att passa på, varken Sofie eller Selma tycker om den sortens mat. Ett fönsterbord är ledigt i den annars rätt fulla lokalen, så de slår sig ner.

"Allvarligt talat, hur är det med dig nu?" Andreas tittar rakt på sin lillasyster. Försöker se bakom en eventuell mask. Han har alltid varit bra på att se igenom henne.

"Jag är tillbaka på jobbet igen, duschar varje dag och har tvättat mig igenom hela tvättberget. Att storstäda lägenheten med hjälp av Elin och en massa choklad var en bra start, hon är bäst." Sandra ler stort.

"Låter som steg i rätt riktning." Andreas fascineras över den snabba förvandlingen från den syster han träffade i söndags.

"Och så har jag kommit på över 80 saker man kan göra som singel, men inte i en relation."

"Det kanske är mindre bra om du ska träffa Magnus." Andreas stoppar en bit sushi i munnen och blir tyst en stund medan han tuggar. Sushi är inte pratmat egentligen. Men så gott. "Han är en bra kille."

"Vad vet du om honom egentligen?" Leendet är borta och Sandra ser honom rakt i ögonen.

"Han tycker nästan lika mycket om Selma som jag."

"Din dotter eller författaren?"

"Författaren förstås, eller kanske båda."

"Aha, är han den där studenten du var så lyrisk över för några år sen?"

"Precis." Andreas ögon tåras, det blev visst lite mycket wasabi på den sista sushibiten. Han harklar sig och tömmer vattenglaset.

Det plingar till i dörren och ett stort sällskap kommer in i restaurangen och börjar diskutera vilken rätt som är den godaste.

"Jag vet också att han är lärare och verkligen brinner för sitt jobb." Andreas torkar sig i pannan. "Jag får för mig att han bryr sig om eleverna på riktigt och vill att de ska lyckas. Hans hjärta klappar lite extra för de där som alla andra gett upp hoppet om."

"Har han själv varit en sån?" Sandra är alltid rakt på sak.

"Jag tror inte det, men han har en strulig pappa som åker in och ut ur fängelse."

"Det låter tungt." Sandra rynkar ögonbrynen.

"Magnus har växt upp med sin farfar vad jag vet. Det är inget han pratar så mycket om." Andreas njuter av den inlagda ingefäran. Doppar den i sojan som han rört ut en liten klick wasabi i.

"Jag anade att det fanns ett allvar bakom allt skrattande och skojande."

"Jag vet i alla fall att han alltid ställer upp, aldrig skulle svika någon och att han inte kan göra en fluga förnär. Och att han citerar Selma ibland och faktiskt får sina högstadieelever att läsa hennes böcker och uppskatta dem." Andreas snyter sig diskret, wasabin rensar bra i systemet.

Sandra har som vanligt inte rört den gröna klicken.

"Han låter som ett helgon. Och du sa att Kalle var trist!" Sandra stryker undan en hårslinga som kittlar henne i ansiktet.

"Helgon eller inte, han har gjort mirakel med min syster efter bara en träff."

"Det kan inte kallas träff, du var ju med!" Sandra grimaserar.

"Som förkläde, måste se till att allt gick schysst till."

Den retsamma stämningen är tillbaka.

"I morgon vill jag inte ha något förkläde i alla fall." Sandra tittar på klockan. "Nej, nu måste jag skynda tillbaka till jobbet."

"Gör det, jag ska ha en kopp te. Tepåsarna på universitetet är inte särskilt inspirerande."

Precis när han slår sig ner vid bordet igen med en kopp rykande hett te får han ett sms från Sofie. *Du bör nog komma till jobbet. Nu!* Inget mera. Andreas reser sig, tar sin jacka och går ut. Vad är det som hänt? Förmodligen har Fredrik ställt till något igen. Bara han inte varit på Katrin, hon är knäckt nog över att hon måste sluta mitt i terminen trots sina goda vitsord. Den situationen är inte löst ännu, det är svårt att hitta bra lärare, något ledningen inte verkar förstå. Då skulle de ha en annan inställning till sin personal och anställa de som faktiskt är uppskattade. Doktorander och dis-puterade är inte alltid de bästa. Att man är bra på forskning behöver inte nödvändigtvis betyda att man är skicklig på att undervisa eller kan bemöta studenter på ett bra och respektfullt sätt. Det har bevis-ats gång på gång genom åren. Telefonen plingar till igen. *Var är du? Kris!* Andreas springer sista biten till bilen och kör så fort han får de sex kilometrarna till campus.

Lördag - Sture

Alla Stures efterforskningar har varit förgäves. Det finns 1000 personer i Sverige som heter Kristina Nilsson och 199 av dessa bor i Värmland. Ingen av dem finns i kriminalregistret har hans gamla kollega Gunnar kollat åt honom. Ibland är det bra att ha kvar vänner i polisen. Allt går så mycket lättare att ta reda på från en dator på den forna arbetsplatsen. Gunnar ville dock inte sträcka sig till att kolla om någon Kristina Nilsson hade vapenlicens. Alla sökningar man gör lämnar spår efter sig i den digitala världen tydligen. Annat var det på Stures tid, då det mesta var i dokumentform och man kunde leta i pärmar och arkiv utan att någon behövde veta. Papper kunde råka komma bort också.

En kvinna som jagar känns lite underligt. Fast det blir vanligare. I senaste jakttidningen stod visst att var femte person som tar jägarexamen är kvinna och att de utgör 7% av alla jägare i Sverige. Sture är oerhört nyfiken på den person som tagit över hans plats och det irriterar honom att han inte kunnat få fram någon information om henne. En signal från dörrklockan stör hans grubblerier.

"Hallå farfar, är du hemma?" Magnus låter glad.

"Var skulle jag annars vara?"

"Vaknat på fel sida idag eller?" Magnus kommer fram och ger Sture en kram.

"Förlåt. Vad roligt att du kommer. Hade vi bestämt det eller?" Sture sträcker sig efter hörapparaterna som ligger på vardagsrumsbordet och sätter in dem.

"Nej, bara en spontan idé från min sida. Jag har med mig kakor." Magnus sträcker fram en påse från Swenströmskas stenugnsbageri.

"Vet du, din gamla farfar har minsann bakat. Det finns i frysen, så slå på ugnen och starta kaffekokaren."

"Har du bakat? Är det dina fantastiska bullar?" Magnus ögon blir stora och han slickar sig om munnen.

"Jajamensan! Nu blev du allt förvånad. Än kan han, gamgubben." Stures skratt är mullrande och han är på väg att resa sig.

"Jag drömmer om de bullarna på nätterna ibland! Jag fixar i köket, sitt kvar du."

"Du skulle bara veta vad jag drömmer om." Kommentaren är låg och Magnus hör den inte ifrån köket där han skramlar med plåtar och spolar vatten. "Men jag ska bespara dig den vetskapen." Sture reser sig mödosamt och går efter sitt barnbarn.

En stund senare sitter de vid köksbordet och njuter av lukten av kanel som blandas med kaffe.

"Så fint att se dig. Du ser väldigt glad ut. Lite för glad för att ha Peter boendes på din soffa. Eller är det honom du flyr från ett tag?" Sture tar en klunk kaffe. Precis lagom starkt.

"Pappa slängde jag ut i onsdags, jag har ingen aning om var han är."

Sture sätter kaffet i halsen och hostar ett par gånger tills han återfår andan.

"Har du slängt ut Peter? Äntligen!"

"Ja, det var nog dags. Borde ha gjort det för länge sen, men jag har längtat så efter en pappa." Magnus tar en tugga av bullen och sluter ögonen medan han tuggar. "En normal pappa, som alla mina kompisar hade. Önskat så intensivt att vi skulle få en vettig relation, men det kommer inte hända."

"Jag är ledsen för din skull. Jag har försökt finnas där, men vet att en farfar är en skruttig ersättning." Sture lägger sin hand ovanpå Magnus. Deras händer är så lika, samma långa fingrar och form på tummen.

"Jag är så tacksam för att du fanns och finns, det ska du veta. Annars hade jag hamnat på samma bana som han." Magnus kramar hans rynkiga hand och tar en bulle till.

"För mig var det bara en fröjd att få vara med dig. Jag fick liksom en andra chans. Efter att jag misslyckats med Peter så var det en gåva." Var finns näsdukarna när man behöver dem? Sture känner i sina byxfickor, men inget där.

"Pappa gjorde sina egna val." Magnus reser sig upp och hämtar hushållspappret som han utan kommentar räcker till Sture.

Som vanligt kan han läsa av situationen och känna vad andra behöver. Det är en bra egenskap hos en som jobbar med människor. Bara man inte glömmer att ha samma känslighet för sina egna behov. Sture snyter sig och torkar diskret ögonen.

"Ja, men jag fanns inte där när Ingrid dog. Gömde mig i jobb och lät honom hantera alla sina känslor själv. När jag insåg att allt gått snett och att jag gjort fel så var det försent." Sture lyfter kaffekoppen, men den är tom.

"Men han är vuxen sen länge och ansvarig för sitt eget liv och sina val. Jag har förstått det nu." Magnus reser sig och hämtar kaffekannan för att ge sin farfar en påtår. Åter utan att bli ombedd.

"Jag vill att du ska veta att jag har uppskattat varenda sekund jag fått med dig. När du var med mig på jakten till exempel." Sture tystnar och tittar bort, inte jakten, den är förbjudet område. "Hur är allt med dig annars? Varför lyser det om hela dig?"

"Jag tror att jag har träffat någon." Magnus ansikte spricker upp i ett stort leende.

"Vad fantastiskt! Berätta mera!"

"Vi ska ses senare idag. Hon får mig att skratta och har de vackraste ögon jag sett. Och skrattgropar."

"Har underverket något namn?" Sture ställer ifrån sig kaffe-koppen.

"Sandra. Hon är lillasyster till en av mina vänner, det var så vi träffades." En tredje, eller kanske fjärde, bulle slinker in i Magnus leende mun.

"Vad ska ni hitta på idag då?"

"Jag tänkte mig en utflykt längs älven med lite matsäck." Magnus samlar ihop smulorna i en liten hög bredvid kaffekoppen. "Får jag ta med några av dina bullar? Jag vill göra ett gott intryck."

"Såklart. Ta så många du vill. De passar bra på utflykt. Jag hade med mig dem när jag och Åke var ute i lördags."

"Vad härligt att ni kom ut. Du får berätta mer nästa gång vi ses." Magnus reser sig, tar med deras koppar och smulorna till disk-bänken där han snabbt diskar.

"Vi ville komma ut innan jakten börjar, sedan har Åke fullt upp."

Magnus fryser till mitt i en rörelse och Sture svär tyst inom-bords.

"Jag måste nog gå nu, så jag inte blir sen. Ska hämta upp Sandra snart." Magnus är på väg ut genom dörren. "Förresten, jag har med mig en korsordstidning." Han tar upp den ur jackfickan och lägger den på bordet framför Sture. Ger sin farfar en kram. "Härligt att se dig. Jag kommer snart igen. Kanske jag har med mig Sandra."

Sture hör ytterdörren slå igen. Förbannar sig själv för att han nämnde jakten.

Söndag - Greta

"Nog var det bättre förr." Jan häller upp kaffe ur den något buckliga termosen.

"Ja, nu är det så mycket tillstånd och papper och annat som måste fyllas i." Åke ställer sig upp och gör en åkarbrasa.

"Känns som man måste anmäla varenda gång man ska ut och jaga." Suckande lägger Nils ner sin tomma mattermos i ryggsäcken.

"Var som inte samma kontroll förut." Slutet av meningen försvinner i ett sörplande när Jan dricker av det heta kaffet. "Jakt ska ju vara frihet."

Nils tittar på Jan.

"Har du en skvätt över?" Han sträcker fram en handsnidad träkåsa.

"Men utrustningen är bättre nu! Håll med om det gubbar! Den här Härkila-jackan till exempel, den kostade nästan 7000, men den håller mig varm och torr." Lennart stryker bort ett barr som lagt sig på ärmen.

Efter en vecka med jaktlaget känner Greta igen diskussionen. Den dyker upp minst en gång om dagen och hon kopplar bort uppmärksamheten och lutar sig mot trädstammen bakom sig. Drar in doften från blöt mossa och granbarr. Idag lyser solen med sin frånvaro och dimman låg tät när hon körde de tre milen från Karlstad. Det regnar inte, men luften är ändå mättad av fukt. Vädret gör att färre djur är i rörelse idag, förmiddagens pass tillbringade hon med sin bok uppkrupen i tornet. De har en älg kvar att skjuta innan jakten är över. Utredningen har inte kommit någon vart och frågorna är fortfarande fler än svaren. Något drastiskt måste till.

"Du Nils, ska vi ta och äta middag någon kväll?" Frågan kommer ur hennes mun innan hon hunnit tänka efter om det är en bra plan.

Alla runt elden blir helt tysta. När Greta tittar upp ser hon deras blickar på sig. Det är bara de äldre idag. De andra har hockeyträningar och ridning med barnen, verkar vara svårare för dem att vara borta sju dagar i rad från det vanliga livet.

"Öh, vad, jag, middag?" Nils lyfter på kepsen och kliar sig på flinten. "Med dig? Du och jag?"

Greta tänker febrilt, detta var kanske inte världens bästa idé.

"Jag tänkte att det kunde vara trevligt. Få lite jakttips. Men om du inte vill så…"

"Jo, såklart, jag menar, det går bra, eller, jag vill gärna." Nils stakar sig och ser sig omkring på de andra.

Lennart flinar och gör en överdriven blinkning.

"Vem är bocken bland oss nu då?"

"Äh, håll klaffen!" Nils tittar ner i sin tomma kåsa.

"Nej nu är det dags att få något gjort. Att bara sitta här och prata duger inte. Vi är ju fem man kort idag." Åke låter barsk när han reser sig upp och tar sin väska.

"Ska vi säga onsdag? Efter jakten. Finns det något bra ställe att äta på i Deje?" Greta packar ner sin termos och reser sig från sin plats vid trädet.

"Kvarterskrogen är rätt bra."

"Du kan inte ta med en dam som Kristina till Kvarterskrogen Nils. Du får boka bord på Dömle herrgård, där är fint ska du veta." Lennart klappar Nils på axeln, packar ihop sina saker och gör sig redo att gå.

"Nu får det vara nog med snack. Det här är väl inget kafferep." Åke går i väg i riktning mot sitt älgtorn, han går med långa kliv. "I väg och skjut älg med er!" Han ropar det sista över axeln.

"Vad tog det åt honom?" Jan tittar på de andra med rynkad panna.

"Jag har ingen aning." Lennart följer Åke med blicken tills han slukats av dimman. "Men det är bäst att vi går till våra pass."

Jan och Greta går tillsammans en bit. Imra springer fritt framför dem med nosen mot marken.

"Åke är inte så bra på det där med fruntimmer. Han vet som inte riktig hur han ska göra tror jag." Jan låter fundersam. "Han har nog varit ungkarl för länge."

"Eller så ville han bara ut och jaga."

"Det är många ungkarlar som jagar." Jan vill inte riktigt lämna det spåret. "Man tillbringar så mycket tid i skogen så man hinner som inte hitta någon."

Greta går tyst bredvid. Känner att det här är något han måste få prata om. Idag har hon lättare att hålla hans tempo, hon börjar bli van att röra sig i skogen nu.

"Min fru vill skiljas. Hon säger att jag är gift med geväret och inte med henne." En djup suck kommer från Jan. "Kanske har hon rätt. Men jag trivs som bäst i skogen. Är med i ett jaktlag i Jämtland också. Och så jagar jag med Lennart i Småland." Han saktar ner på farten.

Imra stannar genast upp och väntar in sin husse.

"Sen har jag jakträtt på marken uppe i Arjeplog som farsan lämnade efter sig. Så det blir förstås en del jakt."

Greta lägger sin hand på hans axel.

"Kan du inte ta med dig frun ut i skogen?"

Jan rycker till så hennes hand faller bort.

"Skogen är ju min fristad! Enda stället jag får vara ifred och tänka. Slippa hennes eviga tjatande." Han gör en paus, tar ett djupt andetag, som någon som hållit andan väldigt länge. "Finns som aldrig nog med tystnad hemmavid."

"Då kanske en skilsmässa är det bästa." Hon ser hur han vänder bort huvudet och torkar sig i ansiktet med vanten. "Även om det känns svårt."

"Nej, nu ska vi skjuta älg." Jan sträcker på sig, klappar Imra på huvudet och börjar gå igen.

"Vi och vi. Tala för dig själv. Jag ska fortsätta på min bok."

"Sa du något Kristina?" Jan vänder sig om och ser på henne.

"God jaktlycka, sa jag." Hon höjer handen till en vinkning. "Vi ses vid fem."

Greta slår sig ner i sitt torn och ska precis plocka upp boken ur väskan när hon inser att geväret är borta. Hon ställde det vid trädet när de skulle äta lunch, måste ha blivit kvar där. Hur kunde hon glömma? Att lämna sitt vapen är fullständigt förbjudet för en jägare, hon klättrar ner och skyndar tillbaka mot samlingsplatsen. Telefonen ringer och hon trevar i jägarklädernas många fickor. Var är den nu då? Signalen ekar fram i den annars tysta skogen för att sedan slukas av dimman. Till slut hittar hon den i innerfickan.

"Hallå?"

"Hej mamma! Var är du?"

"Sandra, ringer du? Jag är hemma, gör inget speciellt." Greta stannar till, vill inte att det ska höras att hon är andfådd efter den snabba promenaden.

"Varför öppnar du inte då? Jag står utanför."

"Har vi bestämt att vi ska ses idag?" Hon söker febrilt i minnet, men kan inte komma på att de kommit överens om det.

"Nej, jag visste inte att man måste boka tid med dig efter att du blev pensionär." Besvikelsen hörs i Sandras röst.

"Det måste du såklart inte, men just nu passar inte så bra." Greta börjar gå igen, måste komma fram till geväret innan någon annan hittar det. Vad hon minns från kursen är det straffbart att inte ha sitt vapen under uppsikt hela tiden.

"Men jag är här, du kan väl släppa in mig ett litet tag bara. Jag har en sak att berätta."

"Låter spännande, men det går inte." Greta försöker tänka, komma på en vettig anledning. Vad i hela fridens namn ska hon säga? "Jag ligger i badet, har migrän och då brukar ett varmt bad fungera bäst."

Där är trädet hon satt vid och tack och lov står geväret kvar. Greta skyndar fram och tar det.

"Jag hämtar extranyckeln i garaget och kommer in. Kan koka lite te till dig och bädda ner dig i soffan."

Innan Greta hinner protestera hör hon det välbekanta gnisslet från garagedörren. Hon hör också hur Sandra ropar till av förvåning.

"Mamma, bilen är borta! Är den stulen? Ska jag ringa polisen?"

Precis då ekar ett skott genom skogen och Greta är helt säker på att det även hörs i telefonen.

"Mamma hallå, vad händer egentligen? Mamma?"

Måndag - Emelie

Det är på darriga ben Emelie går till jobbet denna gråkalla oktober-dag. Hon har inte varit där på hela veckan. Efter förra måndagens sammanbrott tyckte Mattias att hon skulle stanna hemma och vila upp sig lite. I vanliga fall hade Emelie aldrig gått med på det. Som vikarie måste man visa upp sig från sin bästa sida, prestera och alltid lägga i en högre växel för att kanske bli aktuell för en tillsvidare-anställning. Kanske. Då jobbar man med migrän, mensvärk och feber. Man hugger i och biter ihop helt enkelt. Hon var på väg att göra som hon brukat, stod vid sin torftiga garderob och valde rena kläder för andra gången samma morgon. Men så var det en röst inuti som vrålade NEEEEEEJ! Så hon tog av sig de kaffedränkta kläderna, sjönk ner i badkaret och stängde av det dåliga samvetet. Efter badet kröp hon i sin lila mysdress, satte upp håret i en slarvig knut och så har hon gått omkring ända tills i morse. Då var det dags att ge sig in i ekorrhjulet igen, annars krävs ett läkarintyg. Något som kan vara svårt att få baserat på känslan `Nu får det fan vara nog!´ med symptom som ofattbar trötthetskänsla kombinerat med ett ständigt erigerat långfinger redo att visa hela världen.

Hon huttrar till, det är verkligen kallt ute. Under hela veckan har hon inte hört ett ljud från Cecilia, vilket är konstigt. De brukar höras flera gånger om dagen, inte arbetsdagar då de ses på jobbet, men annars. Emelie har visserligen haft telefonen på ljudlöst och sovit eller kollat på TV-serier hela dagarna, men Cecilias nummer fanns inte i listan över missade samtal. Det fanns inga nummer i den listan. Ingen från hennes familj har heller hört av sig för att fråga hur hon mår. De gör sällan det. Alla förväntar sig att hon ska vara den starka, storasystern, som ordnar allt och alltid ställer upp. Emelie har fortfarande inte berättat för dem. Orkar inte. Vill inte framstå som misslyckad. Sandra ringde igår eftermiddag, men Emelie orkade inte svara. Meddelandet på telefonsvararen var ytterst förvirrat, något om att mamma var försvunnen, skottlossning och en stulen bil. Emelie orkade inte ta in vad systern sa, ringde inte tillbaka, orkade inte fixa och lösa och ordna upp. Hon har ingen aning om vad som händer hemma i Karlstad just nu, herregud, hon vet ju inte ens vad som händer i sitt eget liv. Ta ett djupt andetag, fokusera på nuet. Hon är framme och tar hissen, trots att det bara är en trappa. I sitt nuvarande skick orkar hon inte gå ens några trappsteg.

Hon öppnar dörren in till korridoren och ser allt det välbekanta. Designermöblerna som köpts in för länge sedan, medan organisationen hade pengar, men som ingen riktigt vet hur de bäst ska användas. Så nu står de malplacerade bredvid återvinningskärl och gamla kopieringsapparater som borde hämtats av någon. Planscherna på väggarna har budskap som ekar svunna tider. I hörnet bredvid entrén står en stor palm, den slokar ledset nu och Emelie inser att det var hon som hade korridorstjänst förra veckan. Det schemat är heligt och gud nåde den som inte sköter sina plikter. Hon skrattar tyst för sig själv över hur bra det känns att ha missat sin vecka. Konstaterar att det inte ens i någon liten del av henne finns ett behov av att kompensera, att genast springa och fixa, reparera, prestera. Hon är bara nöjd.

På väg till sitt rum går hon förbi Cecilias. Dörren är stängd och hon knackar på, den vanliga knackningen, så vännen vet att det är hon. Hon möts av tystnad från andra sidan. Tydligen är Cecilia inte på plats. Var kan hon vara då? Även Marikas dörr är stängd men där inifrån hörs röster. Lukten av kaffe sprider sig i korridoren. Har hon missat något möte? Emelie skyndar in på sitt rum, slår upp datorn och låter den komma i gång samt göra uppdateringar medan hon tar av sig jackan och byter till inneskor. Hon slår sig ner vid skrivbordet och går in i den digitala kalendern. Denna dag är helt tom. De i teamet delar kalendrar med varandra, så hon går in och kollar Marikas och Cecilias. *Möte med HR* står det i båda. Emelies händer börjar sticka och magen krampar. Hon rusar till toaletten.

Förmiddagens timmar släpar sig fram. Emelie sitter på kontoret med dörren stängd. Något hon aldrig brukar ha, men idag orkar hon inte möta någon. Glada röster hörs från korridoren. Känner igen både Marikas och Cecilias skratt. Den mörka bullriga rösten tillhör Christoffer, deras HR-ansvariga som hon alltid tyckt sig ha en bra relation med. Men nu är djupt besviken på, då han inte kommenterat varför hon inte får den förlängning hon lovades vid anställningen. Egentligen vill hon rusa ut och skrika och kräva svar, men orken finns inte. Ångesten gnager i bröstet, det är svårt att andas trots att fönstret är öppet och rummet är fyllt av kyligt frisk höstluft. Emelie har försökt få tag på Mattias, men han sitter i möte hela förmiddagen. Inget jobb blir gjort, fokus är på att försöka ta djupa andetag och stoppa tårarna från att rinna. Det finns massor att göra, hon måste avsluta alla påbörjade projekt, skriva överlämningspapper, knyta ihop lösa trådar och städa upp sina skrivbord, både det fysiska och det i datorn. Magen kurrar, men Emelie vill inte gå ut till de andra. Orkar inte bita ihop och ta på sig en glad mask. Önskar att hon haft med sig mellanmål, men glömde helt i stressen i morse. Hittar en öppnad chokladkaka och några majskakor med havssalt i översta skrivbordslådan. Inte den bästa lunchen, men den får duga. Platsbanken och LinkedIn erbjuder inga nya tjänster att söka. Oktober är inte den bästa månaden att söka jobb.

Det knackar på dörren. En speciell knackning.

"Vi ska ut och äta lunch, ska du med?" Cecilia sticker in huvudet. Hon har en ny klänning igen. Välstruken som alltid. Ingen kommentar om att Emelie varit borta en vecka. Inga frågor hur hon mår eller vad som hänt.

"Nej jag hinner inte, har så mycket att avsluta." Magen svider av hunger eller är det magkatarr? Emelie vet inte.

"Christoffer är här också, honom gillar ju du. Häng med nu. Jobbet finns kvar när du kommer tillbaka." Cecilia skrattar.

Fattar du ingenting, vill Emelie skrika. Jobbet finns inte alls kvar. Det är bara två veckor till, sedan ingenting. Arbetslös igen.

"Jag kan inte, finns alldeles för mycket kvar att avsluta. Jag missade en hel vecka för jag var sjuk och kommer aldrig bli klar känns det som."

"Okej. Vi går nu i alla fall." Cecilia stänger dörren och är borta. Inga frågor, inga kommentarer, ingenting.

Emelie känner hur det vänder sig i magen och hinner snabbt slita åt sig papperskorgen innan hon kräks.

Tisdag - Sandra

"Mamma har blivit fullständigt galen! Och Emelie svarar inte i telefon. Andreas har inte tid, han har blivit tillförordnad prefekt efter att polisen hämtade Fredrik och jag vill bara få vara nykär och inte behöva ordna upp allt." Sandra sätter ner tallriken på bordet med en smäll och dimper ner på stolen. Elin som redan börjat äta i väntan på vännen rycker till av ljudet.

"Vänta lite, pausa och backa bandet. Det där var lite väl mycket information på en gång." Elin lägger ner sina bestick på tallriken och tittar utforskande på Sandra. "Vad är det som händer? En sak i taget."

"Var ska jag börja?" Sandra gör en uppgiven gest.

"Med att Greta har blivit galen kanske?"

"Jag var hem till henne i söndags för att ta en spontanfika. Hon öppnade inte och när jag ringde sa hon att hon var i badet. Jag gick in i garaget för att hämta extranyckeln och där fanns ingen bil. När jag berättade det för mamma hörde jag ett skott i telefonen, sedan bröts samtalet. Jag rusade förstås in och letade igenom hela huset, men hon var inte där." Sandra tar ett djupt andetag. "När jag ringde igen så svarade hon inte."

"Det låter jättemärkligt."

"Jag vet. Jag blev förstås sjukt orolig, så jag stannade kvar i huset." Sandra gör en konstpaus. "Mamma kom hem efter sju, :

bilen som inte alls var stulen och med typ jägarkläder på sig." Hon spärrar upp ögonen. "Dessutom hade hon morfars gevär med sig."

"Greta med ett gevär?" Elin blir så förvånad så hon pratar trots att hon precis tagit en stor tugga och lite mat flyger ut över bordet. "Men hon är väl vegetarian och hatar jakt."

"Jag vet!" Sandra slår ut med armarna och håller nästan på att slå till en annan gäst som kommer gående med sin mat.

"Vad sa hon då? När hon kom in och såg dig."

"Det var det allra konstigaste. Hon påstod att hon inte alls sagt något om migrän eller bad och att hon varit borta för att träffa en som kanske skulle köpa geväret."

"Jägarkläderna då?"

"Ja, jag frågade förstås om dem. Hennes förklaring var att hon tyckte det verkade mindre skumt att sälja ett gevär om man var rätt klädd." Sandra tystnar och tar en tugga av maten. "Jag fattar ingenting. Och när jag ringde Emelie medan jag väntade så svarade hon inte. Hon har inte ringt upp heller, fast jag lämnade ett meddelande där jag nog lät rätt skärrad. Inte alls likt henne."

Elin sitter tyst vid bordet på favoritlunchstället. De är här innan rusningen, så än är det ganska lugnt.

"Andreas som jag brukar prata om allt med, han har fått ta över hela institutionen för prefekten har anklagats för sexuella övergrepp mot en av de anställda och är avstängd. Så han har sitt eget kaos att styra upp."

"Lite mycket nu eller?"

"Jag som trodde allt skulle bli lugnare när mamma gick i pension, men där hade jag fel." Sandra torkar sig om munnen med servetten.

"Ja du, vad ska man säga? Låter verkligen helt galet alltihopa."

"Jag vet." Sandra tystnar och de ger maten sin fulla koncentration.

"Och så var det något om att vara nykär? Sist vi sågs gjorde du klart att du inte var redo. Vad hände?" Elin stryker bort en slinga av sitt lockiga hår som har en tendens att ramla ner i ansiktet.

"Magnus hände. Han är allt som Kalle inte var. Och han tycker att jag är fantastisk!" Sandra strålar.

"Klart han gör, det är du ju!"

"Efter åren med Kalle slutade jag nog tro det. Han skulle alltid göra om mig, klaga på något eller påpeka när jag gjorde fel." Sandra tittar ner på sina händer. Pillar lite med ett trasigt nagelband. Hör Kalles röst i huvudet som säger åt henne att låta bli.

"Han var urtrist har vi redan konstaterat."

"Magnus är också lite pedantisk, men han låter mig vara som jag är. Håller inte på och klagar hela tiden. Med Kalle blev jag slarvigare, bara för att retas tror jag. Eller göra revolt på något sätt. Låter det sjukt?"

"Jag tycker det låter friskt snarare. Vill du ha kaffe på maten?"

"Nej, inte på maten, men kanske i en kopp." Sandras ögon glittrar till.

"Åh, du kan skämta igen, alltid ett gott tecken. Då är han nog bra för dig." Elin reser sig och hämtar två koppar kaffe.

"Nu vill jag höra allt om denna Magnus. Vem är han?"

"Vi har bara träffats tre gånger och första gången var brorsan med så det kanske inte räknas. Men andra daten varade från lördag eftermiddag till mitt på dagen på söndagen." Sandra blinkar till Elin och tar en klunk kaffe.

"Så en övernattning på soffan alltså?"

"Visst var vi i soffan, men man kan nog inte säga att vi sov."

Elin kastar sin ihopknycklade servett på Sandra.

"Nu blev det lite väl mycket information tycker jag."

"Han är så fin. Väldigt omtänksam och mån om att jag ska må bra. Jag åkte faktiskt hem till honom igen i söndags, efter att jag varit hos mamma. Han fick höra om hela galna familjen på en gång."

"Och han har inte flytt ännu?" Elin ler retsamt. "Har du låst in honom i badrummet eller? Han verkar för bra för att vara sann."

"Jag vet. Vi ska ses ikväll igen, han kommer hem till mig. Det pirrar i hela kroppen bara jag tänker på honom." Sandra börjar plocka ihop sina saker. "Och bäst av allt är att han faktiskt frågar mig vad jag tycker, tänker och vill."

På väg tillbaka till jobbet försöker Sandra ringa Emelie igen. Vet att hon inte gillar att bli störd under arbetstid, det hindrar henne från att prestera. Men även Emelie måste väl ha lunchrast? Fast ibland känns det som att hon inte ens unnar sig rast i sin jakt efter att göra ett perfekt jobb. Storasystern svarar inte och en olustkänsla sprider sig genom Sandras kropp. Något är fel, men vad? Hela hennes familj har verkligen blivit galen.

Onsdag - Greta

"Tjena snygging!" Greta kollar sig i hallspegeln en sista gång. "Det här får duga för en middag med Nils. Han har bara sett mig i jaktkläder, så det lär bli en kontrast i alla fall." Greta skrattar generat när hon inser att hon pratar högt med sig själv. Det gör väl bara galna människor eller?

Känns verkligen skönt att slippa den klädseln och få vara sig själv igen. Jakten tog slut i söndags då Åke sköt den tredje och sista älgen i deras kvot. Övriga tyckte det var tråkigt förstås, men hon har njutit av två dagars sovmorgon och lugna frukostar.

"Hoppas min urringning får Nils att prata, så det är värt resan till Deje." Hon skickar en slängkyss till sig själv i spegeln innan hon tar på sig kappan, stänger ytterdörren och går till garaget.

Bilen behöver verkligen tvättas efter att ha åkt runt på grusvägar i skogen en hel vecka. Hon är mest glad att den fortfarande håller ihop. Bredvid Lennarts stora Toyota Hilux hade hennes Yaris sett ut som en liten skalbagge. Biltvätt får bli morgondagens projekt. Hon ska försöka träffa barnen också, har varit en frånvarande mor den senaste veckan. Kanske boka in en resa till Stockholm? Men först måste hon hitta på en trovärdig förklaring till söndagens händelser. Sandra gick inte på historien om vapenförsäljning, det märktes tydligt. Greta är förvånad över att ingen av de andra två barnen har hört av sig för att fråga vad som egentligen pågår. I vanliga fall brukar djungeltrumman vara snabb.

Greta slår på bilradion och tonerna av en sång hon mycket väl känner igen fyller bilen medan hon backar ut ur garaget. *Look into my eyes, can't you see they're open wide? Would I lie to you, baby, would I lie to you?* Hon byter kanal. Allt detta ljugande tar på krafterna, det gäller att komma ihåg vem man sagt vad till. Känns inte rätt att ljuga för barnen, men det är osäkert hur de skulle ta vetskapen om sin mammas dubbelliv och olika identiteter. Samt att Greta stulit information. Alla barnen har ett väldigt starkt rättspatos, det är så de har uppfostrat dem. Bengt var mycket noga med sanningen och sa alltid att ärlighet varar längst. Så hör hon texten på låten som spelas på den nya kanalen. *Honesty is such a lonely word. Everyone is so untrue. Honesty is hardly ever heard. And mostly what I need from you.* Greta stänger irriterat av radion. Inser vad den försöker säga henne, men är inte redo att ta in budskapet. Vill veta lite mera innan hon berättar för barnen om sina efterforskningar. För att lyckas med det måste hon ljuga en gång till, förhoppningsvis den sista. Det duggar och rutan blir alldeles prickig så hon slår i gång vindrutetorkarna. Dömle herrgård nästa. Kristina ska äta middag med Nils. Efter det ska hon inte träffa de här människorna igen.

Framme vid herrgården har duggregnet övergått till ösregn så Greta letar fram sitt paraply som ligger i baksätet. Hon småspringer för att komma in i värmen. Innanför den pampiga entrén möts hon av sammetsklädda soffgrupper och stormönstrade tapeter i gammaldags stil. En mattbeklädd trappa går upp till övervåningen och åt vänster finns en receptionsdisk och möjlighet att hänga av sig. Hon lämnar sin kappa och det blöta paraplyet och följer sedan den ljuvliga lukten av mat. En brasa sprakar inbjudande precis utanför matsalsdörrarna och Greta får slå undan en impuls att dra fram en av de inbjudande fåtöljerna och slå sig ner nära elden. Hon kliver in

106

i en sal med persiska mattor på golven, kristallkronor, målade pelare och tavlor i guldramar på väggarna. Hon drar efter andan. Det är ganska glest med folk i lokalen och hon får genast syn på Nils vid ett fönsterbord. Han ser malplacerad ut i kostym och lite skrynklig skjorta med fluga. Något helt annat än den röda Helly Hansen hon sett honom i hittills. När han ser Greta stryker han handen över håret, för att täcka den begynnande flinten och reser sig upp.

"Hej Kristina. Vad annorlunda du ser ut." Nils drar ut stolen åt Greta som sätter sig.

Inte varje dag hon äter middag på en herrgård, så det var lite svårt att välja passande kläder. Till slut föll valet på en lång djupblå klänning och matchande sjal med inslag av silvertrådar.

"Detsamma. Lite annat än jaktkläderna."

"Jag brukar inte ha kostym så ofta." Han drar i flugan som om den sitter för hårt runt halsen.

"Då ska jag vara smickrad alltså?"

"Nja, jag menade inte så, alltså jag bara... Vad vill du äta?" Nils flackar med blicken, märkbart ovan vid situationen. "Jag har aldrig varit här innan, så jag vet inte riktigt vad som är gott. Men de har älgbiffar."

"Jag tar en titt i menyn." Greta hittar snabbt det vegetariska utbudet och bestämmer sig för en svamprisotto. "Jag älskar kantareller och brukar inte orka laga risotto så ofta. Har blivit så mycket kött under veckan och älg kommer jag kunna äta ett tag nu." Hon skrattar till.

Nils beställer åt dem båda, han tar älgbiffarna, ett säkert kort.

Samtalet trevar sig fram till en början. Det går alltid att prata om regnet och om tavlorna på väggarna i den fina matsalen. Nils berättar om hur han började jaga, tillsammans med sin morfar, på den gamla goda tiden. Sedan har han tagit över morfaderns hus och jaktmark.

"Har du några barn eller barnbarn som kan ta över efter dig då?" Greta försöker styra samtalet åt ett för henne rätt håll.

I morse gick hon igenom sina anteckningar inför kvällens middag. Det är inte mycket som står i boken. Hennes utredning har inte gått så bra som hon hoppats. Greta är fortfarande övertygad om att Nils vet vad som hände den dagen. Att de alla vet. Även Sture och kanske Magnus, även om de inte nämns i polis-utredningen och därför inte förhörts. Det måste ha pratats om händelsen efteråt. Nu behöver hon försöka ta reda på mer.

"Nej, det blev aldrig så." Nils ser ner på tallriken som precis burits in. "Jag har aldrig varit gift. Men min syster, hon har fem barn. De bor på granngården, så de har varit mycket hos mig när de växte upp." Diskret petar han bort garnityret som kockarna konstfullt lagt på biffarna. Även de rostade grönsakerna skjuts åt sidan. Kvar blir biffar, potatis och sås.

Bara han inte ber om ketchup. Greta tar en stor tugga av risotton och njuter av smakerna som kittlar gommen. Tycker sig känna igen ramslök och västerbottensost utöver den tydliga kantarellsmaken.

"Är din systers barn intresserade av jakt?"

"Tyvärr inte. De är vuxna nu och utflugna. Men en av dem har en son som jag tror skulle kunna bli en bra jägare. Han har tyckt om djur och natur sen innan han kunde gå. Vi satt ofta och tittade i mina fågelböcker och jakttidningar och han pekade på alla bilder och ville veta vad de olika djuren och fåglarna hette. Han kan läsa skogen och har varit ute med mig en hel del. Men hans mamma är sån där vegan så han får inte följa med mig på jakt, fast han vill." Nils drar efter andan.

En så lång harang har Greta aldrig hört honom säga förr. Det bådar gott.

"Hoppas hon ändrar sig. Låter härligt att kunna mötas över generationsgränserna och göra något tillsammans." Greta tar en klunk av äppelmusten, gjord på herrgårdens egna äpplen.

Det blir en stunds tystnad medan de njuter av maten. När de ätit upp det sista ursäktar sig Greta för att gå på toaletten. På vägen ut stannar hon till framför en tavla som hon missat innan, men som är helt magisk. Den föreställer ett typiskt värmländskt landskap om vintern. Det är berg, vatten och snötäckta träd. Motivet i sig är inte det märkvärdiga, utan ljuset. Konstnären har verkligen lyckats fånga ljuset och det är som att Greta befinner sig i detta vintriga landskap.

När hon kommer tillbaka är de tomma tallrikarna borta och Nils sitter åter med menyn i handen.

"Visst ska vi väl ha lite efterrätt?"

"Ja, det slinker alltid ner." Greta är egentligen väldigt mätt, men de vore bra att sitta kvar en stund till då hon fortfarande har en massa frågor kvar.

"I morgon ska vi stycka sista älgen, kommer du då?"

Magen vänder sig på Greta och det krävs mycket stor viljestyrka för att hindra maten från att komma upp igen. Att se de döda älgarna har varit allra värst med jakten.

"Nej, tyvärr har jag fortfarande problem med min axel, så det är för tungt jobb för mig. Jag hoppas ni andra tycker det är okej att jag står över den här gången med." Greta sväljer. "Jag tänkte höra av mig till Åke och säga att ni självklart får ta mer kött än mig, eftersom jag inte kan delta vid styckningen."

"Jag kan prata med honom i morgon. Kan inte tro att det är något problem."

"Tack, vad snällt av dig." Hon samlar sig för att fråga om Sture och Magnus, då hon hör en mycket välbekant röst bakom sig.

"Greta. Vad gör du här? Och vem är du här med?"

Hon behöver inte vända sig om för att veta att Gunnar står där.

"Greta? Men varför kallar han dig det Kristina?" Förvåningen i Nils ögon är stor.

Torsdag - Magnus

"Vad fin du är!" Sandras leende värmer ända in i hjärtat. Han stod länge vid garderoben och valde mellan de få skjortor han äger. Brukar mest ha t-shirts och långärmad, men han vill verkligen vara fin ikväll, när han och Sandra ska gå på restaurang.

"Det var ju min replik!" Han tittar uppskattande på hennes färgglada tunika och silverhjärtat som vilar i halsgropen. "Du är verkligen väldigt fin."

"Och restaurangen verkar jättemysig." Sandra ser sig omkring.

Hittills har de mest setts hemma hos varandra, men han har en känsla av att hon behöver muntras upp lite. Och han behöver berätta om Peter. Det har gått en dryg vecka sedan han slängde ut pappa och han har inte hört ett ord. Mycket förvånande, hade trott att Peter skulle komma tillbaka efter några dagar högst. Inte med svansen mellan benen, det skulle aldrig hända, hans pappa hade aldrig fel, skämdes aldrig. Men komma tillbaka och kräva att återfå sin plats på soffan och sin dygnet-runt-service med mat och annat. Det dåliga samvetet ligger och gnager i bakhuvudet, men där finns också en annan känsla som växer sig allt starkare. Ett lugn som han inte känt på väldigt många år. Klart han undrar var Peter är just nu och hur han har det, men han känner sig stark i sin övertygelse att det inte är hans uppgift att ordna pappas liv. Vill han ställa till allt igen och supa ner sig eller åka fast för sina eviga brott så får han göra det.

"Ja, jag ser fram emot att prova restaurangen. En kollega rekommenderade den."

"Så det är inte hit du brukar ta alla dina tjejer?" Sandra blinkar åt honom.

Precis när Magnus ska svara kommer hovmästaren och visar dem vägen till ett runt litet bord med en nymåneformad ljus skinnsoffa. Perfekt när man vill sitta nära. De slår sig ner vid bordet och tar en titt på menyn som hon ger dem. Allt ser jättegott ut, men till slut bestämmer de sig för att ta en Surf N turf. Blandningen mellan kött och skaldjur verkar lockande.

"Nå, vad är senaste utvecklingen med familjen?" Magnus smuttar på sin äppelmust med svartvinbärssmak.

"Jag får inte tag på varken mamma eller mina syskon och jag förstår inte vad som händer. Mamma har varit tryggheten, den som stått för struktur och ordning. Jag har alltid vetat var jag har henne, men nu fattar jag ingenting." Sandras röst är låg, Magnus får koncentrera sig för att höra vad hon säger på grund av musiken i lokalen. Han flyttar sig närmare henne i soffan.

"Tror du att hon har gått in i en depression efter pensioneringen?"

"Nej, egentligen inte. Hon såg väldigt frisk ut när hon kom hem i söndags, rosig om kinderna och vindrufsig i håret. Men hennes historia var helt osannolik och hon ljög för mig." Sandras ögon fylls av tårar. "Hon har alltid sagt att man ska vara ärlig mot sig själv och andra."

Magnus lägger armen om Sandra. Det pirrar till i honom när han känner hennes värme genom tyget i tunikan. Fokus nu.

"Allt ordnar sig ska du se. Men jag förstår att du är orolig. En förälder ska helst vara någon man kan lita på har jag förstått. Men aldrig riktigt själv upplevt."

"Nej, vad är grejen med dina föräldrar? Du pratar aldrig om dem." Sandra tar servetten och torkar ögonen.

Magnus tar bort armen från hennes axlar och tar ett djupt andetag. Nu gäller det. Magen knyter sig. Kommer hon acceptera vad han har att berätta eller är det slut nu? Han önskar innerligt att hon vill vara kvar. Allt känns så rätt mellan dem. De kan skratta tillsammans men också prata om djupa filosofiska saker. De har många gemensamma intressen och kompletterar varandra bra. Hon är den klart vackraste människa han träffat, på alla plan. Och sexet...

"Hallå, jorden anropar."

Magnus ruskar på sig. Svårt att fokusera idag, tankarna far runt som popcorn i huvudet.

"Mamma dog när jag var tolv. Cancer. Hon hade varit min trygga punkt, eller hon gjorde så gott hon kunde. Inte helt lätt att leva med farsan, han åkte in och ut ur fängelse hela tiden." Magnus tittar ner i bordet medan han pratar. Vågar inte möta Sandras blick. Vill inte veta om sättet hon ser på honom har ändrats, vill inte se medlidande i hennes ögon. Han behöver ingen som tycker synd om honom.

"Pappa har lite svårt att kontrollera sitt drickande också. Men han blir aldrig våldsam. Det är inte sånt han suttit inne för, mest en massa småbrott. Han tror alltid han kan fixa snabba pengar." Magnus tystnar. Tar ett djupt andetag, känner att han hållit andan. I handen har han en helt söndertrasad servett. När gjorde han detta?

"Magnus, se på mig." Sandra smeker hans hand. "Jag vet redan det där om din pappa. Andreas berättade. Men du tror väl inte att det förändrar något mellan oss? Du är inte han."

Magnus tittar upp. I Sandras blick ser han bara kärlek. Det svider bakom ögonen, inte börja gråta nu. Då kommer hon verkligen tycka synd om honom. Eller tycka att han är patetisk.

"Jag fattar att det har varit jävligt att växa upp som du har gjort, men är grymt imponerad över att du klarat dig så bra." Sandra tar en bit av det mörka brödet och brer på lite vispat smör. "Att du jobbar med att ge ungdomar allt du inte fick, en vuxen som ser dem och bryr sig."

"Jag hade farfar, han var verkligen ett stort stöd. Jag flyttade till honom när mamma dog, att bo med pappa var inte hållbart."

De tystnar för servitrisen kommer med deras mat. Gratinerad hummer och eldad oxfilé, upplagt på ett fantastiskt sätt.

"Jag skulle gärna vilja träffa din farfar. Han låter som en fin person."

"Om han är! Och han bakar världens godaste bullar!" Magnus ler stort. Att prata om farfar får honom oftast på bättre humör. Det har alltid varit de två mot världen. Speciellt efter vad som hände i skogen.

"Så du har lärt dig av honom?" Sandra tar en stor tugga mitt i meningen så det är lite svårt att höra vad hon säger. Hon sluter ögonen när hon känner smakerna. Det är en av sakerna han uppskattar med henne, att hon njuter fullt ut av saker.

"Jag? Nej, jag kan inte baka." Magnus vill bita sig i tungan och ta tillbaka orden i samma stund som han säger dem.

"Men bullarna du hade med på utflykten i lördags?" Sandra öppnar ögonen igen och tittar rakt på honom.

Magnus ser sig omkring i rummet, desperat efter att hitta en anledning att byta samtalsämne. Det är en stor lokal, mysigt inredd med mycket glas, koppar och turkosa inslag. Mot den inre väggen ser man den vedeldade ugnen och kockarna som arbetar för fullt.

"Jag får erkänna att bullarna var hans." En rodnad sprider sig i Magnus ansikte. Han hade inte sagt rakt ut att det var han som bakat, men nog hade han antytt det. Ville så gärna imponera på henne. Var det kört nu?

"Då håller jag med dig om att han bakar världens godaste. Kanske han kan lära oss båda?" Sandras ansikte spricker upp i ett stort leende och ögonen glittrar.

Hennes ord får värmen att sprida sig i hela Magnus.

"Han vill gärna träffa dig också, det sa han sist vi sågs. Vi kanske kan åka dit på lördag? Om du vill förstås. Och om allt har löst sig med din mamma och så."

Fredag - Sture

Sture springer genom skogen, kvistarna river honom i ansiktet och svetten rinner. Efter honom kommer flera män, alla har gevär i händerna och kalla blickar. De är helt tysta. Skotten träffar trädstammarna han precis sprungit förbi. De kommer i serier om tre. Flisorna regnar ner över marken. Han hör hur ett av träden skriker till, när han tittar har det ett ansikte. Magnus ansikte. Och det är inte flisor som kommer ur stammen, det är blod. Mycket blod.

Sture vaknar och ser sig förvirrat omkring innan han kommer på var han är. I öronlappsfåtöljen i sitt rum på Hagaborg. Med sina tavlor på väggen. Korsordstidningen fortfarande i knäet. Och pläden över benen. Det är nästan mörkt utanför fönstret. Svagt hör han fortfarande ljuden från skotten. Tre och tre. Är det inte en röst också? Sture knäpper på hörapparaterna och inser att någon bultar på dörren. Han reser sig mödosamt ur fåtöljen, får tag i rullatorn och går för att öppna. Där utanför står Åke och ser glad ut.

"Men hej, kommer du? Har vi bestämt det eller?" Sture känner sig förvirrad. Inte brukar han glömma bort besök, de är veckans höjdpunkt.

"Nej, jakten slutade tidigare än beräknat så jag har plötsligt några tomma dagar. Jag har med mig något till dig, har du ätit?" Åke sträcker fram en tygkasse.

Sture är tvungen att tänka efter, har han ätit? Vad är klockan? Lunch åt han nog för ett tag sedan, men inte middag, det borde han kommit ihåg. Det kurrar till i magen. Han tittar på klockan på armen. Den är bara kvart i fem.

"Inte ännu. Middagen serveras halv sex."

"Bra, du kan avboka den, för jag har med mig Åkes magiska älgfärsbiffar med kantarellsås. Har du en kastrull så jag kan koka potatis?"

Sture går före sin vän ut i köket. Har han kastruller? Han har inte lagat mat på evigheter. Längst in i köksskåpet hittar han en och till och med en stekpanna. Måste vara Magnus som ställt hit dem, Peter är det då inte. Han slår sig ner vid bordet medan Åke fixar med maten.

"Hur gick jakten? Är ni klara redan efter en vecka?"

"Jag tog tredje och sista älgen i söndags, det är den du ska få avnjuta nu förresten. Så allt gick väl bra antar jag. Lite snopet att det är över bara." Åke dukar fram två tallrikar, glas och bestick på bordet. "Du vet, man vill alltid ha mer. Men vi ska nog åka till Jans stuga i Jämtland också. De hade visst lite kort om folk och två älgar kvar att fälla."

"Hur gick det för hon Kristina då?" Sture rättar till besticken så de ligger parallellt med varandra.

"Ja, vad ska jag säga." Åke fokuserar väldigt på potatisarna som puttrar på spisen. "Jan ska skilja sig förresten."

"Oj, vad tråkigt att höra. Men som gammal polis märker jag direkt när någon försöker byta ämne." Sture tittar upp på sin vän.

Åke skrattar generat.

"Kristina, det gick väl bra. Lite ovant att ha ett fruntimmer med i laget. Hon bjöd inte på bullar heller." Han sätter sig ner vid bordet.

"Inte? Så du menar att det var bättre att ha mig med?" Sture ler stort. Precis vad han ville höra.

"Absolut. Vi saknar dig varje år, det vet du. Och dina bullar."

"Du kan ta fram några stycken från frysen, så har vi till kaffet på maten."

Åke reser sig och rotar fram bullarna. Sedan värmer han på biffarna och såsen och en ljuvlig doft sprider sig i köket.

"Jag får en känsla av att det var något mer med den där Kristina. Något du inte berättar." Sture tittar på sin vän, men ser bara ryggtavlan. "Vi har väl inga hemligheter för varandra."

Åke fortsätter dona vid spisen. Han är helt tyst.

"Åke, du kan inte lura en snut."

"Kristina var inte bara ett fruntimmer. Hon var grann. Och med jägarlicens." Åke känner på potatisen med en gaffel, häller av vattnet och ställer den på bordet. Han hämtar stekpannan.

"Låt dig väl smaka."

Sture tittar på sin vän. Han är röd om kinderna, om det är för värmen vid spisen eller för det han just sa om Kristina är svårt att säga.

"Så du är helt enkelt lite förälskad?"

Åke har varit ungkarl så länge Sture känt honom, och det är länge nu. Han förtjänar verkligen lite kärlek. När Ingrid levde bjöd hon alltid hem honom till dem på julafton, så han inte skulle sitta själv. Birgitta var inte så förtjust i jaktkompisarna så hon vägrade. Sa att julen var för familjen. Men om man inte hade en familj då.

"Det är ingen idé." Åke suckar djupt.

"Varför inte? Du sa ju själv att hon till och med tycker om att jaga." Sture tittar på vännen. Försöker se vad det är han inte säger. "Var det inte därför det sket sig för Jan, för frun hans inte vill följa med till skogen?"

"Kanske. Men nu hann Nils före." Åke lägger ner gaffeln med en liten smäll på tallriken.

"Nils?" Sture blir så förvånad så han sätter en bit potatis i halsen och börjar hosta.

Åke reser sig upp och dunkar honom i ryggen.

"Ja, de skulle äta middag. På Dömle herrgård." Åke spottar ut de sista orden medan han sätter sig igen.

"Åh fan." Sture har återfått talförmågan. "Nils?" Han skakar på huvudet. "Jag kan inte förstå det. Jag trodde han var den eviga ungkarlen."

"Det trodde vi nog alla. Men Kristina bjöd ut honom." Åke tittar ner i tallriken som för att hitta svaren på gåtan Nils. När han inte hittar dem rycker han på axlarna. "Nå, vad tyckte du om biffarna?"

"De var verkligen himmelskt goda. Tack för att du kom hit med dem." Sture tar en portion till.

Mat finns så det räcker, kanske han till och med kan få en matlåda som han kan be Anna värma i morgon. "Jag behövde både smaken av älg och sällskapet. Nu får du berätta mer om jakten. Och älgen du sköt."

Lördag - Andreas

"Pappa, pappa vakna då!" Andreas vaknar av att Selma hoppar på hans mage. "Faster Sandra är här och hon säger att farmor blivit galen. Får man säga så? Pappa!" När Selma inte får någon reaktion börjar hon kittla sin pappas fotsulor. Det fungerar alltid.

Andreas drar snabbt in fötterna under täcket och sätter sig sedan upp.

"Din lilla trollunge! Du är allt en bortbyting du." Han får tag i Selma och kittlar henne tills hon kiknar av skratt.

Sofie kommer in i rummet.

"Andreas, Sandra är här. Hon behöver prata med dig." Sofie vänder sig till dottern. "Och du min lilla skatt behöver lunch."

Lunch, Andreas tittar förvirrat på mobilen. Hur länge har han sovit egentligen? Rullgardinen gör att inget dagsljus kommer in, så det är svårt att avgöra tiden på dygnet. Mobilen upplyser honom om att klockan är 11.48. Så här länge har han inte sovit sedan Selma föddes. Andreas reser sig snabbt och hittar sina mysbyxor och en t-shirt som verkar rimligt ren. Varför är Sandra här en lördag förmiddag? Sa Selma något om att farmor var galen? Han kliar sig i det sömnrufsiga håret och letar fram ett par rena strumpor i byrålådan. Påminner sig om att han sett en hel del missade samtal från systern denna vecka. Oroväckande många när han tänker efter. Ett antal sms med uppmaningar om att ringa hade visst också kommit.

Men till hans försvar får sägas att den här veckan varit den stressigaste någonsin i hans liv.

"Hur lång tid kan det ta att få på sig lite kläder?" Sandra avbryter hans funderingar. "Inte ens en sån gamling som du kan väl behöva så himla lång tid." Hon kastar sig över honom och innan han hunnit reagera har hon hans händer i ett polisgrepp. "Ha, det fungerade! Magnus lärde mig, hans farfar var polis."

"Släpp mig genast. Var rädd om en gammal man." Andreas försöker ta sig loss, men kan inte.

"Om han var rädd om relationen med sin syster. Och sin mammas mentala hälsa. Är du hemskt ångerfull att du inte har svarat när jag ringt eller behagat ringa tillbaka?" Sandra spänner lite hårdare och nu gör det ont.

"Ja, släpp så ska jag förklara." Andreas stönar.

"Om du tänker skylla på att din chef inte kan hålla sina privata delar privata så vet jag det redan. Hela stan pratar om skandalen." Äntligen släpper Sandra taget. "Men något sånt borde inte hindra dig från att ringa mig."

Andreas gör sig helt fri och sätter sig upp i sängen igen.

"Det har varit galet Sandra. Jag fick gå in och ta hans jobb plus all min egen undervisning och kursansvaret. Dessutom måste jag försöka hitta tre nya lärare mitt under pågående termin. Jag har inte hunnit träffa Sofie eller Selma någonting denna vecka."

"Ändå ligger du och sover bort halva din lediga dag i stället för att umgås med dem." Sandras blick är retsam, men det hugger till i Andreas.

"Tyst, jag har tillräckligt dåligt samvete redan. Sofie tyckte tydligen att jag behövde sova och jag har inte hört något på hela förmiddagen. Har sovit som en klubbad säl." Det svider till i magtrakten och Andreas är inte helt säker på om det är hunger, stress eller det berömda föräldrasamvetet.

Han har verkligen inte sett sin familj i vaket tillstånd under hela veckan. Smugit i väg tidigt på morgonen innan de vaknat och kommit hem vid midnatt. Nyheten om prefekten Fredrik spred sig snabbt till media, studenter och andra universitet, så Andreas hade fått svara på mängder av mejl och telefonsamtal. Kvinnan som blivit utsatt för våldtäktsförsöket mådde förstås mycket dåligt och han hade försökt stötta henne så mycket han kunde.

"Vad var det som hände egentligen?" Sandra synar honom uppifrån och ner. "Du ser förjävlig ut förresten."

"Tack för den!" Andreas slänger en kudde på henne. "Jag får inte prata om det. Men allt är helt galet."

"Okej, jag respekterar det." Sandra reser sig upp. "Apropå galet, vår gemensamma mor har tappat förståndet helt sen hon gick i pension." Hon sträcker fram en hand mot sin bror och drar upp honom. "Kom igen nu, vi pratar mer över en brunch. Det luktar himmelskt från köket." Hon får en glimt i ögonen som Andreas känner igen. "Sisten ner är en lort."

När de kommer in i köket ser de att Sofie har dukat fram allt möjligt gott på bordet och på spisen fräser bacon, korvar, ägg och champinjoner. Selma sitter mycket koncentrerad vid köksön och viker servetter.

"Kolla pappa, en svan!" I Selmas hand dinglar något som med mycket god fantasi kan likna en fågel.

"Vad fint hjärtat mitt."

"Faster Sandra får också en, men en solfjäder."

Denna skapelse är lite lättare att identifiera. Selma räcker stolt över den och sätter sig vid bordet.

Andreas och Sandra slår sig också ner. Han känner att han är riktigt hungrig. Det har blivit lite si och så med maten den gångna veckan. Har ätit när tillfälle givits. Om tillfälle givits kanske är mer korrekt.

"Varför är farmor galen?"

"Selma, så säger man inte." Sofie dukar fram stekpannorna och sätter sig bredvid sitt barn.

"Men Sandra sa ju det! Så det så!"

"Ja, det gjorde jag visst. Mycket dumt av mig." Sandra rufsar sin brorsdotter i håret. "Men farmor beter sig lite konstigt och jag tycker att din pappa och jag måste försöka ta reda på varför."

"Kungen av Portugal blev också galen eller hur?" Selma vill inte riktigt släppa det spåret.

"Vem?" Andreas tittar förvånat på henne.

"Han den där kungen. Som den andra Selma skrev om."

"Åh, menar du Kejsaren av Portugallien?" Andreas skrattar till, stolt över dottern som redan kan så mycket om sin namne.

"Jag sa ju precis det." Selma rynkar på näsan, mycket förnärmad.

"Ja, jag hörde dig. Din gamla pappa hör lite illa bara." Sandras röst är retsam. "Men nu till mamma och vad vi ska göra åt henne."

"Vad exakt är det som har hänt?" Andreas lassar in mat i munnen och tuggar njutningsfullt. Vad mamma än har ställt till med så tänker han inte ta tag i det på tom mage.

"Hälsa Magnus!" Andreas vinkar av Sandra i dörren.

"Absolut. Ska bli härligt att träffa hans farfar, de verkar betyda mycket för varandra." Sandra virar halsduken ett extra varv runt halsen för att hindra vinden från att komma in under jackan.

"Vi ses i morgon hemma hos mamma då."

"Då ska hon minsann få berätta vad som händer. Jag kommer kräva svar." Sandra vinkar innan hon går längs trädgårdsgången.

Andreas känner väl igen sin systers bestämda min. Den har hon tagit till ett antal gånger under uppväxten för att få som hon vill. Han stänger dörren och går tillbaka in i köket. Där sitter de, hans älskade familj. Mitt ibland matrester och smutsiga tallrikar.

"Vad vill ni hitta på idag? Jag vill bara vara med er hela dagen." Andreas stänger av telefonen och lägger den i en av kökslådorna.

"Jag vill bada!" Selma hoppar ner från stolen och rusar in i tvättstugan.

"Vilken bra idé, vi åker till Sundstabadet!" Andreas slår armarna om Sofie.

"Då vill jag ha pannkakor. Och åka vattenrutschbana." Selma har hittat baddräkten och satt den utanpå kläderna. Armpuffarna hänger som degiga munkar runt handlederna. "Nu när jag har fyllt fem år får jag åka alla banor. Kommer ni eller?"

Söndag - Greta

Greta har precis läst klart morgontidningen när hon hör att det knackar på dörren. Har tagit för vana att äta brunch i sängen med tidningen på helgerna. Något slags rutin måste finnas, även i ett pensionärsliv. Knackningarna övergår till bultanden medan hon tar på morgonrocken över nattlinnet. Precis när hon är på väg nerför trappan hörs nyckeln i låset. Någon av barnen måste det vara. De är de enda som vet var hon förvarar extranyckeln. Bara inget allvarligt hänt. Mobilen har legat på laddning i köket sedan igår kväll, så hon har inte gått att nå.

Greta kommer ner till hallen och får se Andreas och Sandra.

"Nej men hej. Kommer ni? Har det hänt något?"

"Ser du. Hon går fortfarande i nattlinne, fast klockan är snart 11. Mamma har väl alltid gått upp tidigt och klätt sig direkt." Sandra har huvudet vänt mot Andreas och pratar med låg röst. "Jag säger ju att något inte är som det ska."

"Sandra, jag hör dig. Vi är i samma rum vet du. Kom in ska vi se om jag har något att bjuda på." Greta sträcker fram armarna för att krama sin yngsta dotter.

Sandra backar ett steg och knuffar fram Andreas i stället. Han håller på att ta av sig skorna så han vinglar till och snubblar framåt, men lyckas undvika att falla.

"Vad gör du?" Andreas tittar förvånat på sin syster.

"Du får kramas, jag är inte på humör. Jag vill ha svar, inte kramar!"

"Vad är det för fel älskling?" Greta vet mycket väl varför Sandra är arg, men försöker få rösten att låta vanlig. "Kom in och drick lite kaffe. Eller te."

"Jag vill inte fika mamma. Jag vill veta vad som pågår." Sandra står demonstrativt kvar i hallen med armarna i kors över bröstet.

"Vadå? Nu förstår jag inte vad du menar." Greta vänder ryggen åt dem och går in i köket. "Jag tror att jag har hembakade bullar i frysen. Jag fick receptet av en gammal kollega." Det sista ropar hon över axeln.

Sandra puttar på sin bror.

"Kan du försöka få ur henne något vettigt?"

"Allt går nog lättare om vi lugnar ner oss och tar en fika." Andreas lägger armen om sin lillasysters axlar.

"Vi kan fika, men jag vill fortfarande veta vad som händer. Jag har varit så orolig och varken du eller Emelie har velat prata. Det har känts väldigt ensamt ska du veta." Sandra lutar huvudet mot sin bror.

"Ha, nu har jag dig." Andreas gör ett judokast och plötsligt ligger Sandra på hallgolvet med näsan i hans stora skor. "Du ska aldrig släppa på garden när jag är med vet du väl."

Sandra kan inte låta bli att skratta. Greta tittar ut från köket.

"Vad gör ni? Att ni alltid ska hålla på." Rösten är fylld av värme. "Jag har lagt bullar i ugnen."

Greta hör hur Andreas hjälper Sandra upp och de slår sig ner i soffan. Kaffebryggaren är startad och bullarna klarar sig egentligen själva i ugnen, men det är lika bra att bli kvar i köket ändå. Hon letar servetter, väljer bland sina olika koppar, häller upp mjölk i den fina rosenprydda kannan som är arvegods efter mamma, fast ingen av barnen dricker mjölk i kaffet. Håller händerna sysselsatta, håller sig undan från frågorna som inte går att besvara. Alla lögner som forsat fram de senaste veckorna har nu hunnit i kapp och flåsar i nacken som en flock ilskna vargar.

"Mamma, du borde renovera lite nu när du har tid." Sandras röst från vardagsrummet. Fortfarande distanserad, dottern kommer fortsätta kräva svar. "Och ta bort de gräsliga fotona från när vi var små."

Köksklockan tickar och ljudet blandar sig med hjärtslagen, som är oroväckande långsamma, tiden och pulsen blir samma. Så många lögner, så mycket som inte går att förklara. Greta blir varm i hela kroppen, känner hur svettpärlor rinner från hårfästet. Kommer inte längre ihåg vad som sagts till vem. Går fram och öppnar fönstret och tar djupa andetag av den fuktiga oktoberluften. Vad ska hon säga? Hör en bil utifrån gatan, men ser den inte för dimman. Alla sinnen är extra skarpa just nu. Men hjärnan är helt tom. Det pirrar i armar och ben. Lungorna verkar inte ta in någon luft. Andas snabbare. Måste få luft. Det snurrar till i huvudet och allt blir svart.

Det känns som att hon ligger i svartvinbärsgelé, sådan som de alltid brukade ha till söndagssteken. Hon lagade stek till de andra i familjen. Även om hon själv inte åt den. Det hörde till, var något som satt kvar från barndomen. Söndagar serverades stek. Var det söndag idag? Har hon blivit en stek och ska ätas med gelé? Långt borta hörs röster och ett ihärdigt plingande och tjutande. Försöker öppna ögonen och röra på kroppen, men det går inte. Vems röster är det och varför kan ingen få slut på oljudet?

Med en kraftansträngning får Greta upp ena ögat och ser Sandra och Andreas, inser att hon ligger i soffan i vardagsrummet, ser rök och känner kylan från det öppna fönstret. Ljudet tystnar, men ringandet i öronen fortsätter. En skugga tornar upp sig i dörröppningen. Gunnar? Vad gör han här? Det går inte an att ligga i soffan när man har gäster, ingen ordning på något.

"Hon tittar! Mamma hör du mig?" Sandras röst är nära och Gretas huvud hugger till, alla ljud gör ont.

"Mamma, ligg bara stilla, ambulansen är på väg." Andreas röst har en ton av oro som hon inte hört på många år. Inte sedan tiden efter att Bengt dött. Men ambulans verkar onödigt, vem ska åka i den? Nattlinne och morgonrock och bara ben. Inför Gunnar. Och ambulanspersonalen, det här går inte. Greta försöker resa sig, men kroppen rör sig inte.

"Vad händer här egentligen? Varför öppnar ingen, var kommer röken ifrån och vad har hänt med Greta?" Gunnar har polisrösten, den hon hört så många gånger när han kommit in på stationen med misstänkta.

"Mamma svimmade i köket och medan vi bar henne till soffan blev bullarna i ugnen brända, därav röken. Jag har ringt ambulans och de bör vara här strax." Andreas låter lugnare nu.

Greta vill gärna falla in i mörkret igen, det tysta, tomma. Där ingen kräver svar som hon inte kan ge. För nu är allt glasklart och hon kommer ihåg varför barnen är här. Hon minns när hon såg Gunnar senast, under middagen med Nils på Dömle herrgård. Minns kaoset som uppstod och att hon ursäktade sig för att gå på toaletten men sedan flydde därifrån. Hon har ingen aning om vad de två herrarna pratade om efteråt. Hur ska hon ta sig ur detta?

"Jag behöver ingen ambulans." Greta öppnar båda ögonen trots att huvudet värker intensivt av det oktobergråa dagsljuset. "Jag mår bra. Blev bara lite yr. Och skulle behöva några huvudvärkstabletter."

Genast lämnar Sandra rummet och Greta hör henne rumstera om i badrumsskåpet. Gunnar står villrådigt kvar i dörröppningen. Han som alltid brukar vara handlingskraftig verkar mest förvirrad och bortkommen.

"Vad gör du här förresten? Och vem är du?" Sandra kastar en blick på honom när hon återvänder med tabletterna och ett glas vatten.

"Jag heter Gunnar och kom hit för att fråga Greta om varför hon kallar sig Kristina och vem Nils är?"

127

"Nu hör jag ambulansen. Jag vill att de tittar till dig i alla fall mamma." Andreas spanar ut genom fönstret.

På ett sätt önskar Greta att ambulansen ska ta med henne till sjukhuset, till lugnet och tystnaden, till kravlösheten och varandet. Hur ska hon kunna förklara att hon tillbringat en vecka i skogen med ett jaktlag, att hon tagit en falsk identitet, förfalskat vapenlicens och tagit jägarexamen. Hon som alltid predikat ärlighet. Barnen kommer tappa all respekt för henne, hon kommer bli ensam och bitter. Kanske börja samla på katter för att ha någon att prata med. Hur kunde hon någonsin tro att hon skulle kunna lösa mordet på sin far? En administratör. Och hur ska hon förklara det stulna materialet från polishuset. Gunnar kommer aldrig vilja se henne igen. Och den så kallade utredningen har inte ens kommit framåt. Pulsen dunkar i öronen, det sticker i armarna och allt fokus går till att andas.

Det sista som hörs innan allt blir mörkt igen är Sandras röst.

"Sa du Kristina? Och Nils, vem är det?"

Måndag - Emelie

Tåget till Karlstad har aldrig tagit så lång tid förut. Emelie djupandas för att inte stressa upp sig själv helt och springa bort till föraren och visa var gasen sitter. Som om hon ens vet det. Samtalet från Andreas igår skrämde upp henne rejält och hon bokade genast plats på första morgontåget. Lämning av barn och lösning av vardagstetriset lämnade hon helt till Mattias. I stället för att organisera veckan gick morgonen åt till att komma på vad hon behövde packa. Fortfarande är hon inte säker på att hon fått med sig något vettigt överhuvudtaget.

Frågorna snurrar i huvudet och hon känner sig åksjuk. Har inte vant sig vid de här snabbtågen. Oftast åker de bil när de ska till Karlstad, hela familjen tillsammans. Hon kan inte minnas när hon var där ensam senast. Det har inte funnits tid, ett evigt jobbande och skjutsande och hämtande och fixande.

Vad är det egentligen för fel på mamma? Det dåliga samvetet gnager. Hon har inte svarat när Sandra ringt senaste veckan, inte orkat. Efter att hon fick reda på att Cecilia blivit erbjuden fast tjänst, hennes tjänst, så rasade hennes värld helt och hon hade inte tagit sig ur sängen på flera dagar, annat än för att gå på toaletten. Luften hade verkligen gått ur henne, ja inte bara luften förresten. Livslusten också. Hon känner en otrolig bitterhet gentemot sin arbetsgivare men tyvärr även mot Cecilia och är livrädd att det här ska vara slutet på deras vänskap. Men vet inte om de kan fortsätta som förut då hon också tappat all respekt för sin vän. För att hon sagt ja.

Inte tänka på detta nu, backen ner till det djupa hål hon befunnit sig i är hiskeligt brant och hal och nu gäller det att bita ihop för mammas skull. Allt fokus på Greta, inte tänka, inte känna. Käkarna värker och axlarna känns som örhängen. Men bita ihop och tränga bort är hennes paradnummer, så det ska nog gå även denna gång.

Emelie tar upp telefonen och trycker fram sin brors nummer. Två signaler går fram, så kommer ett automatiskt sms som meddelar att brodern inte kan prata just nu. Hon försöker med Sandras nummer. Samma sak där. Antingen jobbar de eller så är de på sjukhuset med mamma, på en avdelning där de inte får ha mobiltelefoner. Men om hon blivit sämre borde de ha ringt henne, eller? Fast ofta är det som att de glömmer bort henne, bara för att hon bor i en annan stad. Är den som kom i väg, som lämnade. Emelie blir galen av att inte veta, det kryper i hela kroppen och pirrar i fingrarna. Andas. In genom näsan och ut genom munnen. Magen och bröstkorgen ska fyllas med luft, sedan ut igen. Långsamt. Räkna till fyra. Vara här och nu. Inte tänka. Att det ska vara så förbannat svårt. Enklare att vara där och då eller i framtiden och tankarna studsar runt som kossor utsläppta på grönbete efter vintern. Hon provar Andreas nummer igen.

"Hej syrran, hur är det?"
Hur kan han låta så avslappnad när deras mamma åkt ambulans igår?
"Hur är det med mamma? Är ni där?"
"Nej, hon slängde ut oss igår kväll, hade nog allra helst slängt ut sig själv också om hon fick." Andreas skrattar.
"Hur kan du skratta när mamma ligger på sjukhus?" Emelie masserar tinningarna.

"Ta det lugnt Emelie, jag tror inte det är någon fara."

"Men hon åkte ju ambulans. Det brukar man inte få göra om det inte är allvarligt." Utanför fönstret susar eviga granskogar förbi. Hon har ingen aning om var de befinner sig just nu.

"Vad jag vet har läkarna inte hittat något fel på henne ännu, men du kan ringa och fråga."

"Jag tänker åka dit, så fort det här förbannade tåget kommer fram." Emelie ser att övriga passagerare tittar på henne och inser att hon höjt rösten.

"Är du på väg hem?" Andreas låter förvånad.

"Inte hem, men till Karlstad. Det är väl klart att jag måste åka ner när mamma är på sjukhus. Och ni verkar inte bry er om henne tillräckligt för att vara där."

"Nu är du orättvis, hon ville inte ha oss där. Vi har också arbeten att sköta. Kan du bara ta ledigt hur som helst och åka i väg? Satsade inte du på att få en fast tjänst?"

Emelie biter ihop ännu hårdare. Hon har inte kommit sig för att berätta om jobbet för sin familj. Mattias är den enda som vet. Förutom Marika och Cecilia förstås.

"Kan du möta mig vid tåget och skjutsa mig till sjukhuset? Vore skönt att slippa ta bussen med packningen."

"Jag har föreläsningar och seminarier hela dagen, så tyvärr."

"Skit i det då." Emelie trycker bort samtalet och förvånas över sig själv. Så har hon nog aldrig sagt till Andreas, i alla fall inte sedan de blev vuxna. De brukar ha en ganska sval relation utan särskilt starka känslor inblandade.

Äntligen meddelar högtalarsystemet att de närmar sig Karlstad och Emelie gör sig redo att gå av.

Framme vid sjukhuset slår det henne att hon inte vet var mamma ligger. Vägrar ringa Andreas och fråga, så hon letar sig fram till akutmottagningens röda tegelbyggnad. Den ligger långt bort och gömd i ett hörn, bakom psykakuten, tillnyktringsenheten och rum för anhöriga. Lite märklig placering, på många sätt. Akuten bör vara ett av de ställen som människor har mest bråttom till, möjligtvis i konkurrens med förlossningen. De ställen som handlar om liv och död.

Emelie tar sig in genom dörrarna i den lilla blåa utbyggnaden och stoppar första landstingsklädda person hon ser.

"Min mamma, var finns hon?"

"För att kunna svara på det behöver jag veta lite mera. Vad heter hon? Kom hon in nyss?" Kvinnan är förvånansvärt lugn.

"Förlåt, jag är lite stressad. Hon heter Greta Jansson, eller egentligen Margaretha och hon kom in med ambulans igår."

"Ja, då är hon nog inte kvar hos oss. Nog för att folk brukar klaga på långa väntetider på akuten, men så lång tid tar det inte." Kvinnan ler stort mot henne. "Kan jag få se din legitimation så ska jag titta i datorn om jag kan hitta någon information. Men det kräver förstås att hon har godkänt att vi lämnar ut den."

Emelies huvud snurrar till och hon sjunker ner på golvet. Morgonens stress och oro i kombination med brist på både frukost och lunch och släpandet av en gigantisk resväska tar ut sin rätt.

"Hur är det med dig egentligen?" Sjuksköterskan sätter sig på huk framför Emelie. "Behöver du ett glas vatten eller vill du ligga ner ett tag?"

"Det är okej, tror jag. Jag vill bara träffa mamma och se hur hon mår."

"Jag ska titta i datorn, men vill att du sätter dig på stolen där och dricker vatten medan du väntar. Du är väldigt blek." Hon försvinner ut genom en dörr men är strax tillbaka med ett glas. "Här. Jag kommer snart."

Emelie dricker ur vattnet och känner med ens hur hungrig hon är. I ett hörn står en varuautomat och brummar, hon går dit och köper en hårdmacka, en Mer och en dubbel chokladbit. En metallisk röst berättar för henne vad hon ska göra. Första gången strular kortbetalningen och Emelie är på väg att ge upp. Hon sparkar till automaten och svär.

"Det där tror jag inte fungerar."

Emelie hoppar till, hon har inte hört sjuksköterskan komma tillbaka.

"Förlåt, jag brukar inte sparka saker. Jag är bara så orolig, hungrig och trött."

"Ge mig kortet så ska jag hjälpa dig."

Som genom magi kommer alla tre varorna ut genom luckan i nedre delen av automaten. Emelie tar tacksamt emot dem och slukar den mycket trista mackan i några stora tuggor.

"Din mamma finns förresten på avdelning 57, du kan gå dit nu, de har besökstid."

"Tusen tack för all hjälp." Emelie ler matt, men känner att lite av kraften återvänder när hon biter i chokladbiten.

Tisdag - Greta

Att ligga på sjukhus har sina fördelar också, det blir mycket tid att tänka och att googla på saker.

Greta har en plan. Det hon behöver är en jaktsimulator, en termos med kaffe, korvmackor och den gamla plastgranen som ligger i en illa tilltufsad låda någonstans i garaget. Och några kåsor. Ett gevär måste hon också köpa, inte ett riktigt, men ett som känns äkta.

Under dagarna på sjukhuset medan läkarna försökt hitta felet på henne har hon hunnit söka och finna en hel del intressant information på nätet. Bland annat om en riktigt klurig verksamhetsutvecklare på Studieförbundet Vuxenskolan i Jämtland.

Om hon nu bara blir av med alla slangar och apparater och utsläppt härifrån så hon kan skrida till verket. Greta vrider sig i sängen. Det är svårt att hitta en bekväm ställning med EKG-sladdar på bröstet och droppnål i handen. Tack och lov har hon sluppit från katetern som de envisades med att sätta dit när hon kom in med ambulansen. Sjukhuskläderna är inte direkt ett uppåtköp jämfört med nattlinnet och morgonrocken som hon hade på sig. Om bara Emelie kunde komma med lite vanliga kläder snart. Hon kom farande hela vägen från Stockholm, riktigt onödigt om någon frågat henne, men det gjorde ingen. Emelie bor visst i hennes hus, hoppas hon inte snokar runt en massa. Greta är ganska säker på att hon gömt de flesta spår på ett bra sätt. Hennes anteckningsbok ligger bakom *Krig och fred* i bokhyllan tillsammans med USB-minnet och jägarsakerna är undanstoppade i källaren.

En knackning på dörren avbryter Gretas funderingar. Hon vrider sig mödosamt om bara för att se en stor blombukett följd av Gunnars huvud i dörröppningen. Nu skulle det gärna få komma ett UFO och beama upp henne. Eller kanske dyka upp en haj ur handfatet och sluka henne. Ett rimligare alternativ är väl att låtsas sova djupt eller gömma sig. Finns det något bra gömställe? Greta ser sig desperat omkring. Rummet är litet och innehåller förutom handfatet bara hennes säng, en besöksstol och ett rullbart bord där maten serveras. Och så droppställningen, men vem kan gömma sig bakom en sådan?

"Hallå där." Gunnars röst får det att bli varmt ända ner i tårna, helt mot hennes vilja.

Greta drar den gula landstingsfilten ända upp till hakan för att försöka dölja slangarna och kläderna. Hon blundar intensivt men inser förstås att Gunnar redan sett att hon är vaken. Hör hur den galonklädda sitsen pyser till lite när han slår sig ner på besöksstolen bredvid hennes säng.

"Greta, är det inte dags att vi pratar ordentligt nu. Jag vill bara hjälpa dig och förstår att du har trasslat in dig i något."

Greta kisar med ena ögat men stänger det snabbt när hon möter hans otroligt varma blick. Om hon låtsas tillräckligt mycket att han inte är där så kanske han går upp i rök. Syns inte, finns inte liksom. Som de där Vildvittrorna i Ronja resonerade.

"Greta, jag tänker sitta här tills du berättar." Gunnar ändrar ställning på stolen. "Jag är van att vänta ut hårdkoktare typer än dig vet du."

Med en suck öppnar hon ögonen. Det är väl lika bra att börja säga sanningen igen. Har hört att det ska vara det bästa. Kanske kan välja delar av den i alla fall. Inte berätta riktigt allt.

"Jag håller på att ta reda på vad som egentligen hände min pappa." Greta vet inte vad Gunnar hade förväntat sig att höra, men ser på hans min att det inte var detta.

"För att göra det har jag tagit jägarexamen och gått med i hans gamla jaktlag."

"Samma som Sture var med i? Förresten, sa du jägarexamen?" Förvåningen lyser ur Gunnars ögon.

"Ja, på båda frågorna. För att ingen skulle förstå vem jag var så tog jag namnet Kristina." Greta rättar till filten lite, då den skaver mot droppnålen i handen.

Gunnars ögon blir ännu större och han gapar som en fisk som hamnat på torra land. Inget ljud kommer ur hans mun.

"Så, nu vet du. Jag antar att du aldrig mer vill se mig. Men tack för blommorna, jag ska ringa efter en vas." Greta böjer sig fram för att trycka på larmknappen men stoppas av Gunnars starka hand som tar tag i hennes.

"Och den där Nils då? Är det något mellan er?"

Nu är det Gretas tur att se förvånad ut.

"Nils?"

"Ja, det såg ut att vara en romantisk middag ni var på tillsammans."

Greta skrattar till.

"Jag bjöd ut honom för att försöka få fram information. Han var med i jaktlaget när pappa dog. Men vad spelar det för roll förresten?"

"Har du inte lyssnat på något av det jag sagt till dig de senaste veckorna? Jag är kär i dig Greta och det har jag nog varit i flera år. Klart jag förstår att du vill veta vad som hände med din pappa."

Gretas får inte fram ett ljud. Tårar fyller hennes ögon och droppar ner på den våfflade filten. Hon faller tillbaka mot kudden igen.

"Jag vill bara att du ska må bra och vara lycklig, allra helst med mig. Om svar på vad som hände är ett sätt att nå det stöttar jag dig fullt ut. Men eftersom jag fortfarande jobbar som polis är det nog

136

bra om jag inte vet allt." Hans röst har så mycket kärlek att Greta håller på att gå sönder inuti.

Veckor av anspänning och lögner har tagit ut sin rätt och hon gråter som ett barn. Gunnar drar henne till sig och vaggar henne stilla. Hon känner hans läppar mot sin panna och vänder upp ansiktet. Då kysser han henne. En försiktig, öm kyss, som blir intensivare när han känner hennes gensvar. Greta lyfter sin arm för att äntligen smeka hans hår, men droppslangen fastnar och hon skriker till av smärta.

Precis då öppnas dörren och Emelie står där med en stor väska i handen.

"Vad gör du med min mamma?" Hon släpper väskan och rusar fram mot Gunnar, tar tag i hans överarmar och brottar ner honom på golvet, innan han hinner reagera.

Greta är fortfarande helt omtumlad av alla känslor som kyssen väckt, så hon kommer sig inte för att stoppa det hela.

"Vad händer mamma? Vem är detta och varför ville han skada dig?" Emelie får kämpa för att hålla Gunnar nere, men hon har fått till ett bra polisgrepp.

"Släpp mig genast." Gunnar försöker ta sig loss. "Jag är polis, du gör dig skyldig till våld mot tjänsteman."

Onsdag - Greta

Greta slår upp ögonen och är för några sekunder förvirrad över var hon är. Så känner hon igen sitt eget sovrum, just ja, hon är hemma igen från sjukhuset. Men vad är det som låter från nedervåningen? Något skramlar och skrapar, är det inbrott? Greta sätter sig upp i sängen och ser sig om efter tofflor och morgonrock. Då hör hon steg i trappan och letar febrilt efter ett tillhygge av något slag att försvara sig med. Nog har hon läst om gamlingar som blir rånmördade i sitt hem, men hon tänker inte bli en av dem. Besviket konstaterar Greta att sovrummet inte innehåller några långa vassa föremål som hon kan försvara sitt liv med, något hon ska åtgärda genast, om hon överlever vill säga. På nattduksbordet ligger Tranströmers *Dikter och prosa*, med sina 510 sidor är den ganska tung, så den får duga i brist på annat. Hon reser sig upp och smyger in bakom dörren. Nu ska inbrottstjuven få sitt livs överraskning.

Fotstegen utifrån hallen stannar upp vid hennes dörr. Greta håller andan. Dörrhandtaget trycks ner och dörren skjuts sakta upp. Greta höjer boken över huvudet, beredd att drämma den i skallen på personen som är på väg in i rummet.

"Godmorgon mamma, här kommer jag med frukosten."

Greta blir så förvånad när hon hör Emelies röst att hon tappar boken i huvudet och sjunker ihop under tyngden. Emelie får dörren på sig och vinglar till, men lyckas behålla taget om brickan.

"Mamma, vad gör du? Hur är det?"

"Jag glömde visst bort att du bor här för tillfället."

Emelie ställer ifrån sig brickan och hjälper sin mamma upp där hon sitter bakom dörren i en ynklig hög.

"Vad tänkte du göra med boken?"

"Slå den i huvudet på tjuven jag trodde var på väg in här. Och den hade blivit både förvånad och fått huvudvärk, det kan jag lova efter att ha provat." Greta tar sig för pannan.

"Sätt dig här i sängen så hämtar jag en värktablett till dig. Du ska ta det lugnt sa doktorn."

"Tack gumman." Greta bullar upp kuddarna bakom ryggen och ser på frukostbrickan som Emelie lämnat på Bengts sida. Där finns nybakade scones, apelsinjuice, kaffe, brieost och marmelad.

"Vad fint du har gjort." Tacksamt tar hon emot tabletterna som Emelie kommer med. "Du ska väl äta med mig."

"Absolut, det gör jag gärna. Så får du berätta lite mer om den där Gunnar som jag utövade våld mot tjänsteman mot igår." Emelie ler och blinkar med ena ögat.

"Han kommer inte anmäla dig, blev bara chockad. Han är mer van vid att vara på andra sidan av polisgreppet om jag säger så." Greta skrattar till när hon minns den dråpliga scenen.

"Jag förstår inte vad som flög i mig, jag brukar aldrig vara våldsam."

"Du försvarade din mamma, det var fint av dig. Du brås väl på mig, som försöker slå ihjäl folk med böcker."

"Allt blev bara svart när jag trodde han höll på att skada dig. Det har varit lite mycket stress och jobbigheter på sistone så jag överreagerar lätt."

"Kanske inte bara är jag som ska ta det lugnt ett tag och vila upp mig? Vad är det som händer?" Greta ser på sin dotter som sitter uppkrupen med händerna runt en kaffekopp, som om hon behöver extra värme. Något tynger henne, det syns tydligt.

"Inget jag vill prata om nu, berätta om Gunnar istället."

"Okej, men när du vill prata så finns jag här." Greta tar för sig av det nybakade brödet och en stor bit brie. "Han är en kollega, eller före detta kollega, som alltid har fått mig på bra humör. Sen jag slutade arbeta på polisen har han uppvaktat mig och igår bestämde jag mig för att slänga rädslor och annat bråte överbord och göra plats för kärleken igen."

Greta avbryts av en signal från mobilen. Hon tittar på skärmen. "När man talar om trollen så ringer de."

En timme senare är Greta redo att åka i väg på utflykt. Gunnar har lovat dyrt och heligt att de ska ha en väldigt lugn dag och att han ska se till att hon vilar och äter. Det var kraven från Emelie för att släppa i väg sin mamma. Solen strålar och förstärker höstens palett av färger.

"Vart ska vi?"

"Det får du veta när vi kommer fram. Men jag är säker på att du kommer att tycka om platsen." Gunnar tittar på henne med ett stort leende.

"Jobbar inte du idag, det är en helt vanlig onsdag?"

"Jag hade övertid att ta ut och när chefen fick höra att jag skulle vara barmhärtig samarit och ta ut dig på en rekreationsutflykt sa hon att det bara var att ta ledigt." Gunnar svänger ut på väg 61 mot Arvika. "De blev alla väldigt oroliga när de hörde att du var på sjukhus ska du veta."

Hans entusiasm smittar av sig och Greta bestämmer sig för att bara följa med och ta dagen som den kommer.

De fortsätter resan under prat och skratt och efter ungefär 45 minuter svänger Gunnar av den lite större vägen in på en liten guppig grusväg där det sitter en skylt med ordet *Vildhjärta*. Längs vägen sitter trähjärtan som vägvisare. Han stannar bilen på en äng och de går ur. En kvinna kommer gående mot dem, med burrigt ljust hår, naturfärgade kläder och en otrolig aura av lugn omkring sig. Hon ler stort.

"Välkomna till Vildhjärtas paradis, jag heter Maria. Kom med mig in i galleriet ska ni få lite äppeljuice. Ni har väl rest ända från Karlstad kan jag tro."

Greta tittar på Gunnar. Vad har han nu hittat på. Men hon kan absolut tänka sig att tillbringa några timmar med honom här. De går förbi ett grått hus som smälter fint in i omgivningen och in i ett lite lägre hus, också det grått.

"Ni får ursäkta lukten, jag tror att en mus har gått och dött i trossbotten precis innanför dörren. Men det luktar inte längre in."

Greta känner ingen lukt för alla hennes sinnen är fullt upptagna med att ta in allt som finns innanför dörren. Dessa pinnfigurer som står uppställda på hyllor, podier och piedestaler. De liknar inget annat hon har sett och de är helt fantastiska. Varje figur har en liten tillhörande text och Greta njuter av att gå runt och titta och läsa. Flera gånger skrattar hon högt. Gunnar går med henne, håller hennes hand och de upptäcker tillsammans. Det känns så avslappnat och naturligt. Som att de alltid gjort så här.

"När ni tittat klart här kan jag visa er min ateljé och stigarna i skogen."

Finns det mera? Greta är inte säker på att hon kan ta in mer. Men hon följer med på den lilla stigen. Den kantas av flera figurer och skulpturer, alla varsamt skapade av pinnar. Alla med egna uttryck. Hon stannar till framför en lång smal figur med ett mycket talande ansikte och en liten träskylt med text. *Edvard Munchs mindre kända: Jublet.* Hon skrattar högt och befriande.

"Hur kom du på? Eller hur började du? När insåg du att du skulle skapa med pinnar?" Gretas ord fastnar i munnen och hon kan inte formulera det hon menar.

"Jag var i den där satellitbanan med bekräftelsetörst där jag försökte fylla tomrum med jobb eller relationer och då blev jag så där sjuk så jag dundrade in i en utmattningsdepression. Då sa folk att jag skulle gå i skogen eftersom jag mår bra av det." Hennes röst porlar som en yster vårbäck. "Jag hade hört att en utmattning tar jättelång tid att ta sig ur men så fort jag började gå i skogen och hittade en lustig pinne så blev jag bra med en gång." Maria ser ut som ett skogsrå där hon går framför dem på den lilla stigen. Hon stannar och smeker en stam.

"Jag har haft turen att bli emottagen. Det hade också kunnat vara så att någon sa Gud vilka banala pinnar, detta vill ingen se. Men jag hade turen att andra tyckte om mina pinnar lika mycket som jag gör."

I en glänta ligger en timrad liten stuga, som inte ser jättemycket ut för världen. Utanför ligger en stor hög med just pinnar.

"Jag har shoppat." Maria skrattar till. "Andra människor åker till köpcentrum, men jag far till stranden och shoppar pinnar."

Hon öppnar dörren och de stiger in. Där inne finns en magisk värld. Det första man ser är en vägg med spröjsade fönster. Utanför hoppar ekorrar, nötväckor och småfåglar. Maria berättar och visar, hon har namn på de olika ekorrarna och kan skilja dem åt. Greta skulle aldrig få något gjort med detta skådespel framför ögonen på så nära håll och hon kommer att tänka på Snövit på julafton. Framför fönstret finns en stor arbetsbänk fylld av pinnar i olika grad av färdighet. Greta är helt stum.

"Så det är här du skapar din konst?" Gunnar ser sig omkring.

"Jag gör inte konst, jag gör inte konstnärskap, jag gör inte slöjd. Jag gör något annat. Jag leker och så får jag se vad det blir. Och så kan jag bli konstnär och poet och sånt i mitt nästa liv. Om det finns ett. Så får jag leka nu. Det är det som är viktigt." Maria lyser när hon pratar.

Greta vet inte vad hon ska titta på. Den fascinerande kvinnan, djurens jakt på mat utanför fönstret eller skapelserna i rummet. I ena hörnet sprakar en brasa i en gjutjärnskamin. Det är som att ha klivit rakt in i en saga.

Efter en stund lämnar de den lilla stugan och Greta huttrar till efter värmen i ateljén.

"Tyvärr har vi sorg här på gården. Vi har fått angrepp av barkborrar efter den extremt varma sommaren för två år sen, när så många skogar brann. Vi försöker på vårt sätt, med att bara ta ner översta delen av träden, så att det blir jättelånga stubbar kvar, där insekter och fåglar kan bo." Maria pekar och visar. "Jag har en vän som är arborist som klättrar runt i träden och borrar hål. Och så planterar vi lövträd."

Greta kan se det hon berättar framför sig. Och hon ser också kvinnans oerhörda kärlek till skogen och allt som lever i den. Börjar fundera på vad hon brinner för på samma sätt? Börjar bli dags att hitta det nu.

"Naturen mår inte bra. Jag tror att de som blir deprimerade eller känner av det i kroppen, det är de som fattar hur naturen omkring mår." Maria pekar på träden som omsluter dem. "De som inte är deprimerade idag, de är det fara och färde med. Eller de som inte är lite utbrända. De litar jag inte på." Hon ler lite sorgset.

Greta låter hennes ord sjunka in och tänker på den känsla som väcktes hos henne när hon satt i älgtornet. En blandning av lugn, men också en förvåning över hur pass lite vilda djur och insekter hon hörde och såg.

"Nu lämnar jag er för att promenera runt på stigarna här i min lilla värld. Stanna så länge ni vill, ta er tid att upptäcka och fundera."

När de, flera timmar senare, sätter sig i bilen igen har de med sig en figur. Det gick bara inte att lämna kvar den fantastiska vita fågeln med skruvade gulddetaljer. Den tillhörande texten talar direkt till Greta. *Det är mina skruvade gyllene idéer jag vill förverkliga. Inte mig själv sade drömstaren.*

Torsdag - Emelie

Emelie njuter av promenaden längs med älven. Att ha detta mitt inne i en stad är verkligen fantastiskt. Det var så länge sedan hon hade egentid och en hel dag hon kunde bestämma över helt själv. Inga måsten, ingen som förväntar sig något. Inga krav. Mamma har tydligen en massa att fixa, men lovade att inte överanstränga sig. Efter utflykten med Gunnar igår hade hon en väldig energi och pratade om att krama träd och hitta sin mening. Inte helt klart vad hon menade. På andra sidan bron ligger muséet och Sandgrund. Titta på konst eller ta en fika? Kanske gå till biblioteket och låna några böcker. Varför välja förresten? Detta är Karlstad, här finns alla de sakerna inom promenadavstånd från varandra. Inte som i Stockholm där man måste ta tunnelbanor, bussar eller pendeltåg så fort man ska någonstans. Eller sitta i långa bilköer.

"Emelie, är det du?"
Hon avbryts i sitt funderande av en välbekant röst.
"Lovisa! Vad himla roligt att se dig!" Emelie ger sin kompis från skoltiden en stor kram.
"Jag visste inte att du var i stan. Har lunch nu, hinner du äta med mig?" Lovisa tar tag i Emelie och drar henne lite åt sidan för att släppa fram en cykel som vill över bron.
"Jag har en helt ledig dag, så hemskt gärna. Vart äter man bra lunch i stan nuförtiden?"

"Vi har Matbruket precis framför oss, i museets lokaler. De är med i White guide, så rätt bra mat skulle jag säga. Till och med för en som bor i Stockholm!" Lovisa ler stort.

"Låter perfekt."

De går in i restaurangen som ligger i entréplanet. Lokalen ser lovande ut, högt i tak och stora svartvita fotografier på människor och hus från tidigare sekel på väggarna. Lovisa beställer en mussel-soppa och Emelie bestämmer sig för en fiskwallenbergare med skirat smör och potatispuré. De slår sig ner vid ett bord.

"Är du i Karlstad på semester eller?"

"Nej, mamma åkte in akut till sjukhuset i söndags."

"Åh nej, hur är det med Greta nu? Kommer hon klara sig?" Lovisa får den där bekymmersrynkan mellan ögonbrynen som hon haft ända sedan de var barn.

"Oh ja, hon är redan utskriven. Läkarna kunde inte hitta något fel på henne." Emelie skrattar till vid tanken på sin fnissiga röd-kindade mamma som kom hem igår från vad hon kallade paradiset.

"Vad skönt. Men du passar på att stanna några dagar eller?"

"Ja, jag söker jobb just nu, så det kan jag lika gärna göra här-ifrån. Fast idag beslutade jag mig för att jag var värd en ledig dag."

"Söker du jobb? Vad har du jobbat med de senaste åren nu igen? Sist vi sågs har jag för mig att du jobbade administrativt på ett företag, stämmer det?"

"Just nu är jag verksamhetsutvecklare på en organisation, men vikariatet upphör i morgon." Emelie känner ett litet dåligt samvete över att inte vara på plats sista veckan, finns en massa lösa trådar kvar att knyta ihop. Skjuter undan känslan, det får väl Cecilia ta tag i. Eller Marika, det är deras problem nu. Nu är det vidare i livet som gäller, till ett ställe där man uppskattar kompetens och arbets-förmåga.

Maten kommer in, vackert upplagd på mörkblåa keramik-tallrikar. Emelie skulle gärna stoppa dem i handväskan och ta med sig hem. Måste fråga var de köpt dem. Fast shopping kanske inte är det lämpligaste att ägna sig åt när man står utan jobb.

"Vi söker faktiskt en skicklig administratör på mitt jobb. I och för sig i Karlstad, men ni kanske kan flytta hem igen?" Lovisa ser upp från tallriken, där hon jobbar med att få ut musslorna från skalen. "Visst är Mattias också från Värmland?"

"Han är från Arvika, det stämmer. Men han har ett bra jobb i Stockholm och barnen går i skola där och har sina kompisar."

"Annars kan jag lägga ett gott ord för dig hos chefen. Det är ett bra jobb ska du veta. Jättetrevliga kollegor, ja, jag är en av dem." Lovisa skrattar. "Vi har till och med en bra chef och de växer inte på träd!"

"Nej, det har jag märkt genom åren." Emelie suckar tungt. "Låter verkligen toppen, men jag tror inte resten av familjen skulle gå med på det."

"Fundera på saken. Ansökningstiden går ut nästa vecka. Jag skickar en länk till annonsen så kan du läsa lite mera. Jag tror verkligen jobbet skulle passa dig perfekt."

Emelie tar en till tugga av fiskwallenbergaren. Den är fantastiskt god. Det här skulle lätt kunna bli ett favoritlunchställe om hon jobbade i Karlstad. Men nej, familjen trivs i Stockholm. Hon kan inte dra upp alla med rötterna för ett eventuellt jobb här. Det vore väldigt självviskt.

"Sa jag att vi har två friskvårdstimmar i veckan och 3000 kronor i friskvårdsbidrag per termin?" Lovisa blinkar åt henne. "Dessutom har vi förtroendearbetstid, så man kan jobba hemifrån vissa dagar och lägga upp tiden lite som det passar. Vår chef betonar vikten av att man får ihop livet med familj och annat." Hon lägger ifrån sig besticken. "Det vore verkligen jätteroligt att arbeta med dig."

"Men du vet inte hur jag jobbar. Kanske bara slösurfar hela dagarna och smiter från mina uppgifter."

Lovisa gapskrattar.

"Skulle den duktiga flickan jag gått i samma klass som i 9 år helt plötsligt blivit en smitare? Skulle inte tro det." Hon torkar bort en musselbit som stänkt ut på bordet. "Du lämnade alltid in de längsta uppsatserna och de noggrannast utförda arbetena."

Emelie är tvungen att hålla med. Smita från ansvar eller göra något halvdant har aldrig funkat. Tyvärr. Ibland vore det skönt att kunna ta lite lättare på saker, sitta en stund extra i fikarummet och bara småprata, eller ens unna sig fika. De flesta dagar blir det ingen rast.

"Lova mig att tänka på saken i alla fall."

"Jag lovar. Kan inte påstå att jag ser fram emot att kontakta Arbetsförmedlingen på söndag, men nu för tiden kan man i alla fall skriva in sig via nätet."

"Har sluppit ha kontakt med dem de senaste 20 åren, så bra trivs jag på mitt arbete." Det glittrar om Lovisa när hon pratar om jobbet.

Emelie känner ett styng av avund.

"Det ska du vara glad för. På den tiden man fortfarande träffade sin handläggare stötte jag på några riktiga stolpskott." Emelie lägger sina bestick prydligt bredvid varandra på tallriken, som är helt renskrapad. Så gott var det. "En av dem stirrade på mina bröst under hela vårt samtal. Det var innan barnen, så de var väl rätt schyssta, men helt oprofessionellt av honom."

Lovisa bara gapar.

"Och en annan skrev så otroligt långsamt med pekfingervalser på tangentbordet så jag bad att få ta över. Och det fick jag. Han dikterade och jag skrev." Emelie skrattar vid minnet. De hämtar kaffe och sätter sig igen.

"En gång var jag på Arbetsförmedlingen tre timmar utan att få träffa en handläggare. Först fick man köa utanför dörrarna innan de öppnade. Sen fick man skriva upp sig på en lista innanför dörren och sätta sig och vänta. När de ropade upp mig trodde jag att jag skulle få träffa någon och prata, men det som hände då var att jag fick en nummerlapp och blev hänvisad till ett annat väntrum. Efter över en timme där inget nummer ropats upp kom äntligen en handläggare och hämtade en av de andra som väntade. Fyrtio minuter senare var det min tur enligt numren, men då kom personen som jobbade där och frågade om vem som ville vara på tur. Innan jag hann svara dök det upp en ung kille och sa att han sovit lite dåligt den natten så han orkade inte vänta. Han hade precis kommit och jag hade tillbringat tre timmar i huset." Emelie känner hur käkarna spänns när hon minns hur fruktansvärt arg hon blivit. "Jag gick därifrån. Hade ett timjobb jag skulle i väg till och höll på att bli försenad."

"Det låter fullständigt vansinnigt alltihopa. Går det verkligen till så?" Lovisa ser bestört på Emelie.

"Ja, tyvärr. Men nu har de gått över till digital registrering och så ringer man en handläggare som gör en plan. Den brukar gå ut på att man ska söka jobb på egen hand och helst inte höra av sig till dem."

"Som jag sa, tänk noga på saken. Du skulle trivas jättebra hos oss. Nu måste jag rusa. Har ett möte som börjar om fem minuter. Så roligt att se dig." Lovisa reser sig upp och ger Emelie en stor kram. "Lycka till med jobbsökandet. Eller, jag kanske ska önska att det går åt skogen, så du kommer till oss?" Hon ler stort och skyndar ut genom entrén.

Emelie ser henne genom de stora glasfönstren. Dags att gå på museum.

Fredag - Greta

Äntligen är det dags. Greta ska sätta sin plan i verket och förhoppningsvis få reda på sanningen. Det har varit en del fixande för att få tag på de saker hon behöver, men nu är allt inpackat i bilen och hon kör den korta sträckan till Hagaborg. Väl där kånkar hon in alla saker i ett samlingsrum som personalen lovat att hon ska få använda. Hon ställer ut några plastgranar längs väggarna. Vilken tur att butikerna börjar sälja julsaker så tidigt nu för tiden, så det gick att få tag på. Hennes egen var väldigt sliten, den fick åka till tippen i stället.

Sedan riggar hon datorn, projektorn och duken. Bra att Jägareförbundet Värmland hade en jaktsimulator och kunde tänka sig att låna ut den när de hörde hennes fina ändamål. Eller det ändamål som Kristina hade ljugit ihop för ordföranden på telefon. När det här är över ska det bli slut på allt ljugande, har Greta lovat sig själv. Hon ser sig om i rummet. Lite grankvistar på väggarna och ett militärnät över soffan så ser det nästan ut som en skog härinne. Klockan börjar närma sig ett, då de bestämt att de ska börja. Personalen har lovat att komma in med de boende som är intresserade av jakt och Greta har varit extra tydlig med att de ska fråga Sture.

"Här kommer vi med några jaktsugna herrar!"

Det är sköterskan Anna, som hon pratat med på telefon. Med sig har hon en annan landstingsklädd kvinna och fyra gubbar, varav en av dem är Sture.

"Greta, är du här?" Stures röst låter förvånad. "Inte håller väl du på med jakt. Du är ju sån där vegetarian."

"Sture, roligt att se dig också. Och härligt att se er andra med." Greta ler stort. "Kom in och slå er ner i skogen. Det stämmer att jag är vegetarian, men jag ville tacka dig för att du delade med dig av bullreceptet genom att bjuda er på en liten upplevelse. Något jag tror ni alla saknar."

De fyra gubbarna hasar in i rummet med sina rullatorer.

"Vi skulle få kaffe!" Rösten tillhör en liten kutryggig farbror med kritvitt hår och hängslen i sina byxor, förmodligen för att inte tappa dem då han är väldigt smal.

"Ni ska få kaffe Arne, slå dig bara ner." Anna hjälper farbrorn att ta plats i soffan.

"Jag tänkte att ni skulle sitta på pass idag och jaga älg, hur låter det?" Greta ser på de fyra herrarna.

"Jag var sovjetisk spion i min ungdom. Då jagade vi amerikaner."

Greta tittar förvånat på mannen som satt sig närmast henne i soffan.

"Du brukar berätta om det Tage." Det är den mörkhåriga undersköterskan med namnet Aisha på namnskylten. "Men nu ska vi lyssna på damen här."

Greta är inte van att kallas dam. Hon känner sig heller inte särskilt damig i sina jaktkläder. Hon har med sig sin pappas gamla kläder också, så de börjar med att låta farbröderna ta på sig något plagg, för att hjälpa dem att komma i rätt stämning.

"Jag har jagat fruntimmer i mina dar ska ni veta." Den sista av de fyra tittar pillemariskt på Greta. "Och du skulle kunna få hamna i min samling." Han blinkar med ena ögat så intensivt så hans lilla späda kropp gungar åt sidan och knuffar till Sture.

"Petrus, nu får du skärpa dig." Sture ler ursäktande mot Greta. "De andra som bor här är rätt dementa som du kanske märker."

Greta känner en våg av medlidande för sin forna chef. Sture som alltid ville ha raka rör, ordning och reda och snabba lösningar. Nu har han hamnat här, med en kropp som inte fungerar, men en hjärna som fortfarande är i toppform. Hon lovar sig själv att hon ska hälsa på oftare.

"Då tar vi och sätter i gång." Greta sträcker på sig och försöker övertala sig själv att det här är en bra idé. Även om den känns lite tveksam nu.

Hon tar fram tre kåsor och en kaffetermos. Serverar Arne, Tage och Petrus.

"Jag tänkte att du kan få börja Sture." Greta räcker geväret mot honom. "Du ska få jaga älg igen." Hon startar programmet.

En vacker skog dyker upp på duken. Det går att välja bakgrund och även vad man ska jaga, men Greta har bestämt att en hederlig svensk skog och älg är bäst. Även om gubbarna kanske skulle uppskatta att skjuta vattenmeloner i en mer exotisk miljö. Men resultatet hon vill åstadkomma kräver mer autenticitet.

Hon ser hur Stures kroppshållning ändras, han blir rakare i ryggen och spanar mot skogen framför dem. Det går att ställa in hur ofta djuren ska komma, men också att välja slumpvis. Greta tänker att Sture nog gärna vill ha en så verklig upplevelse som möjligt, så hon låter slumpen skicka djur.

"Kaffe i kåsa är det godaste kaffet." Arne sörplar högt.

"I Sovjetunionen drack vi te, ur sån där samuraj ni vet." Tage smackar högt med läpparna.

"Kolla gubbar, en älg!" Petrus pekar på skärmen och allas uppmärksamhet riktas dithåt.

De blir helt tysta medan Sture siktar in sig på det imponerande djuret och skjuter ett välriktat skott som får älgen att falla ihop

Greta blundar. Fast det bara är dataanimerat tycker hon inte om att se djur dö.

"Snyggt skott!" Tages röst har en annan närvaro än han haft innan.

"Mitt i prick! Nu blir det älgstek minsann!" Petrus lycka är så stor att Greta får dåligt samvete. Men så kommer hon ihåg frysen i källaren som är full av älgkött, Kristinas andel från jakten. Hon beslutar genast att hon ska kolla med personalen om hon kan få laga till en älgstek och komma med till de boende. Vet inte riktigt vad hon ska göra med allt kött annars. Svårt att ge det till barnen, när hon inte kan förklara var det kommer ifrån.

"Titta, där kommer en till."

Alla farbröderna sitter nu fokuserade och raka i ryggen i soffan. Sture siktar igen och fäller även denna älg. De turas om att dunka honom i ryggen och gratulera. Sedan är det Tages tur. Även han får skjuta två älgar innan Petrus vill försöka. Anna och Aisha har slagit sig ner bredvid Greta och de diskuterar lågmält förändringen de ser. När Petrus och Tage fått fälla några älgar bestämmer Greta att det är dags att ta paus.

"Vem vill ha korvmackor och mera kaffe?"

Gubbarna viftar ivrigt med händerna och håller fram sina kåsor.

"Jag minns första gången jag fick vara med på jakt med far. Kan inte varit mer än nio eller tio år, för jag hade fortfarande kortbyxor. Självklart fick jag inte skjuta själv, men bara att få vara med var stort." Tage ler och tar en tugga av korvmackan.

"Hösten efter min konfirmation fick jag ha eget gevär. Minns fortfarande känslan." Det är Petrus som pratar med munnen full av macka.

"Kommer ni ihåg första älgen ni fällde?" Sture tittar på de andra. Han ser ut att njuta av att äntligen kunna föra ett vettigt samtal med sina grannar.

"Min var en 10-taggare och jag tror jag var 17 år. Jag hade trofén på väggen ända tills jag flyttade hit."

Gubbarna fortsätter att berätta om byten de fällt och andra minnen från jakten. Korvsmörgåsarna går åt i en rasande fart och Greta är glad att hon bredde så många.

"Om ni vill jaga en stund till så tycker jag vi ska göra det." Greta väntar tills sista tuggan är nedsvald och kåsorna är tomma på kaffe. "Sen ska ni få mer kaffe och bullar." Hon blinkar åt Sture. "Jag har fått receptet av världens bästa bullbakare."

En tår rinner över hans kind. Hon tror att det är en glädjetår.

Efter ytterligare en timme av jakt, kaffe i kåsa, jakthistorier och bullar är gubbarna rödrosiga om kinderna, men det märks att de börjar bli trötta.

"Vi ska nog ta och avsluta jakten för idag." Anna hämtar en av rullatorerna och räcker Tage sin hand för att hjälpa honom upp. Han tittar rakt på Greta.

"Det här var det roligaste jag gjort på väldigt länge!"

Petrus reser sig ur soffan.

"Om damen skulle vilja förgylla våra liv igen så är hon välkommen."

Aisha har hjälpt Arne till sin rullator och de tackar för sig och går i väg mot hissen. Kvar blir bara Sture. Han sitter i soffan och tårarna trillar nu nerför hans kinder.

"Detta var banne mig det finaste någon gjort för mig på flera år." Han tar upp en näsduk och snyter sig ljudligt. "Och bullarna har du gjort med den äran."

"Tack, det var lite nervöst att bjuda just dig. Vad roligt att du tyckte om dem."

Sture blir sittande tyst.

"Det är något jag känner att jag behöver berätta för dig Greta. Det gäller din far, Ingemar." Sture tystnar och sväljer. "Som du vet kände vi varandra väl och jag tyckte väldigt mycket om honom. Men det är en sak du måste veta, något jag burit på länge nog nu."

Greta håller andan, nu kommer det. Svaret.

Lördag - Magnus

Magnus vaknar i sängen och den första han får syn på är Sandra. Hon sover fortfarande och han ligger och njuter av att kunna iaktta henne utan att hon är medveten om det. Han kan inte tro vilken himla tur han haft som träffat henne. Tänk att Andreas suttit på denna pärla till syster hela tiden, utan att han vetat om det. Men nu var kanske rätt tid att träffas, när Sandra äntligen blivit fri från den där Kalle. Vilket stolpskott han verkar varit. Magnus ska precis smyga in under Sandras täcke för att väcka henne med lite morgon-mys när telefonen ringer på nattduksbordet. Okänt nummer en lör-dagsmorgon.

"Hallå, det är Magnus."

"Hej Magnus, Anna här, från Hagaborg."

Magnus sätter sig upp i sängen. Sandra som vaknat av signalen tittar sömndrucket på honom.

"Har det hänt farfar något?"

"Ja, tyvärr måste vi meddela att Sture somnat in under natten."

Magnus skriker rakt ut och släpper telefonen. Sandra sätter sig hastigt upp och håller om honom. Hon tar upp telefonen.

"Hej, det är Sandra, Magnus flickvän. Vad har hänt?" Hon lyss-nar en stund samtidigt som hon stryker Magnus över ryggen. Han skakar, men det kommer inga tårar.

"Okej, jag förstår. Kan vi komma upp och säga farväl? Om Magnus vill och orkar."

"Det går bra. Sture ligger i sin säng och vi har tänt ljus och lagt dit en blomma. Han blir kvar någon timme. Vi beklagar verkligen."

Sandra lägger på luren och omfamnar Magnus.

"Jag är så hemskt ledsen älskling!"

Magnus reagerar inte på hennes ord eller beröring. Han är helt sluten i sig själv. Sandra går upp och klär på sig. Hon hämtar kläder till Magnus och trär varsamt på honom byxor, strumpor och en t-shirt.

"Jag går och lagar lite frukost, tror det är bra om du äter innan vi åker. Om du vill att jag följer med, annars kan jag stanna här. Fast jag tror inte du ska köra bil just nu."

Äntligen tittar Magnus på henne.

"Han var den enda jag hade. Han får inte vara borta. Det går inte." Tårarna börjar rinna från hans ögon och han gör ingen ansats att dölja dem.

Efter att ha ätit lite frukost, fast ingen av dem är särskilt sugen på mat, sätter de sig i bilen och Sandra kör den dryga halvmilen till Hagaborg.

"Ibland blir jag galen på den här älven. Hagaborg är ju egentligen rätt nära, men vi måste köra en himla omväg för att det bara finns broar på vissa ställen."

Magnus svarar inte.

"Fast jag älskar ju min utsikt över Klarälven och den har alltid varit en viktig del av mitt liv så den är förlåten."

Magnus sitter fortfarande tyst, med tårarna rinnande.

"Nu är vi i alla fall framme."

De parkerar och går ur.

"Typiskt farfar att gå och dö på alla helgons dag!" Magnus torkar sitt blöta ansikte och biter ihop käkarna.

Sandra hoppar till av Magnus ord, han har varit tyst så länge.

"Kanske din farmor kom och hämtade honom. Hon har väntat många år nu."

När de kommer upp till tredje våningen möter Anna dem i dörren. Hon ser också ut att ha gråtit ser Magnus.

"Vi är hemskt ledsna allihopa, Sture var en fantastisk man."

Magnus nickar.

"Men om det är någon tröst så tror jag att gårdagen var en av de bästa han haft sen han flyttade in hos oss."

Magnus ser förvånat på kvinnan framför honom.

"Vad hände då?"

"Han fick jaga älg tillsammans med några av de andra som bor här." Anna ler, men en tår letar sig nerför kinden.

Magnus spärrar upp ögonen.

"Men farfar kan inte gå i skogen längre! Hans ben klarar inte det. Tro mig, jag vet att han har försökt."

"Det kom en kvinna hit, en gammal kollega till honom tror jag, med en jaktsimulator. Våra herrar hade en fantastisk eftermiddag. Sture var som ett enda stort leende hela han." Anna lägger handen på Magnus axel. "När jag hjälpte honom i säng sa han att han var lycklig och lätt om hjärtat för första gången på snart 30 år."

Magnus vet inte vad han ska säga eller göra. Visst är han tacksam över att farfar verkar ha dött lycklig, men det är fortfarande otroligt oväntat och ofattbart.

"Kan jag gå in till honom?"

"Självklart. Du kommer se att han fått frid." Anna ger hans axel en lätt tryckning och försvinner bort genom korridoren.

Magnus vänder sig mot Sandra.

"Jag vill nog gå in ensam först."

"Gör det. Jag väntar här ute. Ropa om det är något." Sandra stryker bort en tår från hans kind.

Magnus trycker ner dörrhandtaget till den lilla lägenhet som han vet att hans farfar egentligen inte vill bo i. Ville, rättar han sig själv. Rummet är dunkelt då gardinerna är fördragna. På nattduksbordet står ett stearinljus i en fin ljusstake. Det är enda ljuskällan och Magnus börjar med att gå fram och dra undan gardinerna. Han öppnar också fönstret på vid gavel. Har läst någonstans att själen måste kunna flyga ut. Nu först vänder han sig om och tittar mot sängen. Där ligger Sture, hans fina farfar, hans klippa, hans allt.

Med tårarna strömmande drar han fram en stol till sängen och sätter sig. Han tittar på sin farfars fridfulla ansikte. Ser kroppen som ligger under den fluffiga filten, den han fått i julklapp förra året av Magnus.

"Du kunde ha förvarnat mig! Du kan väl för helvete inte bara gå utan att säga farväl först. Det tillhör vanligt folkvett, skulle du själv ha sagt!"

Han faller ihop med huvudet på Stures bröstkorg och gråter som ett barn. Väntar sig att farfar ska rufsa honom i håret som han gjort så många gånger och säga att allt ordnar sig. Men kroppen under honom är stilla och kall. Magnus reser upp överkroppen igen. Stryker försiktigt över Stures kind.

"Det finns så mycket mer jag vill säga dig. Vet inte om du förstått hur tacksam jag är för att du ställde upp när mamma dog. Du sa alltid att en farfar inte kan ersätta en pappa, men du förstod inte att du var som min pappa." Magnus hör ett ljud från fönstret och tittar dit. Han rycker till när han ser en koltrast på fönsterbrädan i det öppna fönstret. Den sitter alldeles stilla och tittar på honom med huvudet lite på sned. Magnus vet inte hur lång tid de sitter så, han och fågeln, men så viftar den till med vingarna och flyger i väg ut i den klara luften.

"Svart som min snutsjäl, det sa du alltid." Magnus skrattar till och vänder sig till Sture. "Hälsa farmor."

Söndag - Sandra

Egentligen är detta inte alls en lämplig dag att tillbringa med familjen i Mariebergsskogen. Det är till och med en ytterst olämplig dag att presentera Magnus för mamma och Emelie. Han har varit mer eller mindre apatisk sedan de kom hem från Hagaborg igår och Sandra förstår honom. Hon hann bara träffa Sture två gånger, men han var den sortens person som man tyckte om direkt. Han hade en härlig humor och ett skarpt intellekt. Och bakade verkligen världens godaste bullar. På ett sätt var det fint att den sista gången hade tillbringats skrattandes i köket med mjöl överallt, då Sture delat med sig av sitt recept och lärt dem alla knep. Det märktes tydligt att han och Magnus hade ett starkt band.

Hon tittar på sin älskade som fortfarande sover. Det tog lång tid innan han somnade. Hon hörde hans snyftningar och hur han vred och vände på sig långt in på småtimmarna. Kanske lika bra att ringa mamma och säga att de inte kommer. Hon förstår säkert. Eller gör hon det? Hennes vanliga gamla mamma skulle göra det, men efter pensioneringen vet Sandra inte längre vem mamma är. Magnus rör på sig och gnyr i sömnen. Han brukar ofta drömma mardrömmar och vakna helt svettig. Sandra har inte velat fråga vad han drömmer om och själv har han inte kommenterat det. Hennes telefon ringer.

"Hej Mini, eller jag menar syrran."

Sandra reser sig så försiktigt hon kan för att inte väcka Magnus och smiter ut i köket.

"Hallå, är du där?" Emelie låter lite otålig.

"Ja, jag var tvungen att ta mig ut ur sovrummet. Magnus sover fortfarande."

"Vilken sjusovare." Emelie skrattar.

"Hans farfar dog igår, så han har det lite jobbigt just nu." Sandra slår sig ner på en köksstol.

"Oj, förlåt, det visste jag inte. Jag beklagar förlusten."

"Så jag är inte helt säker på om vi kan komma idag." Sandra förbereder sig mentalt på den ström av skuld som kommer att komma.

"Vad tråkigt. Jag hade verkligen sett fram emot att få träffa den här mystiska mannen." Emelie låter uppriktigt besviken. Inte överlägsen som hon brukar. "Och min familj är här. De kom och överraskade i fredags kväll."

"Är Mattias och barnen här, vad roligt." Sandra ler när hon tänker på sina syskonbarn. Sist de sågs var i somras, då hade de badat och tävlat om vem som kunde stå på händer längst i vattnet.

"Så ni kan väl komma? Vi fixar allt, ni behöver bara dyka upp." Emelies röst är vädjande, en helt annan ton än hon brukar ha när hon pratar med Sandra.

"Jag ska kolla med Magnus när han vaknar. Men jag tror tyvärr inte han är på humör."

De avslutar samtalet och Sandra slår i gång vattenkokaren.

"Vem var det?" En mycket sömnrufsig Magnus står i dörröppningen. Han har påsar under ögonen och skarpa veck efter örngottet på ena kinden. En ilning av ömhet går genom Sandra. Hennes fina älskling som kommit att betyda så mycket på så kort tid.

"Det var Emelie. Hon ville kolla att vi kommer idag." Sandra går fram till Magnus och kramar honom. "Jag sa att vi nog inte gör det."

"Varför inte?"

"Tänkte att du inte pallar, efter gårdagen och allting."

"Nu har jag ingen egen vettig familj kvar, så jag längtar efter att lära känna din." Han smeker hennes rygg.

"Du är världens finaste, vet du det?" Sandra kysser honom, en kyss som ger mersmak och tevattnet får vänta.

"Vi skulle träffas vid grillen nära lekplatsen. Syrrans ungar är med."

De skyndar in genom entrén som ser mer ut att leda till en dansbana än en stadspark. Men innanför grindarna finns ett litet paradis, som hon och familjen varit mycket i, hela hennes uppväxt. Det första de möts av är en varg som kommer mot dem i full fart. Sandra rycker till, statyn är otroligt verklighetstrogen.

"Vad är det?"

"Jag är lite rädd för vargar." Sandra skrattar generat.

"Det brukade jag också vara, men farfar säger alltid, jag menar sa alltid, att de har oförtjänt dåligt rykte. Ingen människa har dödats av varg sedan 1821 i Sverige."

"Men det kanske inte vargarna vet?"

"Dessutom berättade farfar att vargar vill hålla ett avstånd på 300 meter till oss, så det är inte särskilt vanligt att man får syn på dem. Han själv hade bara sett varg en gång under alla år som jägare."

"Så Sture var jägare?"

"Där ser jag Andreas, Sofie och Selma. Skönt att jag redan känner några i din familj." Magnus höjer armen och vinkar. "Och eftersom ni fyra är trevliga så borde jag komma överens med resten också."

"Ni kommer gilla varandra. Fast mamma är lite märklig just nu, som du vet." Sandra slutar stirra på vargstatyn och går för att möta sin bror.

Andreas skyndar emot dem och kramar dem båda.

"Jag hörde om Sture, vad himla jobbigt! Säg till om vi kan göra något."

160

"Tack, men det är lugnt. Jag ska träffa begravningsbyrån i morgon, farfar hade skrivit ner exakt hur han ville ha allt, så begravningen blir nog ganska snart."

"Nu är det min tur att säga hej!" Emelie knuffar undan Andreas och ger Magnus en stor kram. "Det är jag som är Emelie!" Hon släpper honom och tittar granskande från topp till tå. Så gör hon en mycket odiskret tummen upp mot Sandra.

Som tur är ser hon inte detta, då Wilma och William övergivit klätterställningen och kastar sig om halsen på henne.

"Hej mosters bustroll!" Sandra kramar dem.

Strax efter kusinerna kommer Selma.

"Och fasters bustroll är också i skogen idag ser jag."

Mattias och Greta går fram till Magnus och presenterar sig. Borta vid grillen ser Sandra Gunnar. Han kommer emot dem och hälsar på henne med ett fast handslag och ögonkontakt innan han vänder sig till Magnus.

"Hej, vi har ju setts förr. Jag vet inte om jag är rätt person att säga välkommen till familjen, jag är nog nyare än dig, men varmt välkommen!"

Från grillen kommer en ljuvlig doft av örter och Sandra känner hur hungrig hon är. De hann inte med så mycket mer än en kopp te innan det var dags att ge sig i väg. Som tur var sov de i Magnus lägenhet på Styrmansgatan, bara ett stenkast från Mariebergsskogen.

"Trevligt att träffa dig Gunnar och lukten säger mig att det också kommer bli trevligt att träffa din mat!" Magnus tittar uppskattande mot grillen.

"Ja, Gunnar lagar mycket god mat. Han gör älginnanlår till er andra och aubergine till mig." Gretas röst är varm och hon tittar kärleksfullt på mannen bredvid henne.

"Älg minsann, det var inte illa. Jagar du Gunnar?" Andreas ser förvånad ut. "Jag trodde inte att mamma skulle falla för en jägare."

"Jag, ähm, alltså…" Gunnar flackar med blicken.

"Nej men titta, är det inte Lars Lerin där borta? Honom har jag alltid beundrat." Greta tar tag i Gunnars arm och drar i väg honom. "Andreas, håller du koll på grillen?"

Sandra ser på sina syskon.

"Vad var det där? Är de ett par nu eller? Är det därför hon smugit och smusslat och betett sig konstigt?"

"Ingen aning." Andreas rycker på axlarna och vänder köttbitarna på grillen.

"Varför skulle hon hemlighålla det? Ingen av oss skulle väl ha något emot att hon träffar någon?" Emelie låter uppriktigt förvånad.

"Nej, det var ju evigheter sen pappa dog." Ett litet stråk av saknad drar genom Andreas röst.

"Jag har nästan önskat att hon ska träffa en ny man." Sandra värmer händerna över glöden. Hon ser sig om efter Magnus, han deltar med liv och lust i en kurragömma med barnen och Sofie. Hon ler och blir varm i hela kroppen.

"Jag med. Det känns som att hon är så ensam i sitt stora hus. Så sitter jag långt bort i Stockholm och kan inte titta till henne. Men Gunnar verkar schysst. Och jag tror att mamma mår bra med honom, det är viktigast."

Sandra kommer på sig själv med att tänka hur trevligt det är att stå vid en grill och småprata med sina syskon. Känns som förr i tiden.

"Ska ni inte ta och flytta hem igen?"

"Lustigt att du säger det. Jag sprang på Lovisa i fredags och hon tipsade mig om att de söker folk. Har läst annonsen och det är verkligen mitt drömjobb."

"Åh vad roligt om ni flyttar till Karlstad." Andreas lägger armen om Emelie.

"Men trivs du inte där du är nu?" Sandra ser hur hennes storasysters ansiktsuttryck går från glädje till förtvivlan på bara en sekund. "Förlåt, skulle jag inte fråga det?"

"Jag får inte vara kvar där. De valde Cecilia i stället och hon sa ja."

"Cecilia? Din bästa vän?"

"Ja." Emelies tårar forsar nu.

"Men så hemskt. Var det inte du som fixade så hon fick jobb där från början?" Sandra känner en klump i magen. Hon är inte van att se sin starka syster gråta. Hon brukar vara den som löser allt, alltid tar nya tag och gör det med ett leende.

Emelie kan bara nicka.

"Har de gett dig någon anledning?"

Emelie skakar på huvudet.

"De har inte…ens…sagt något till mig." Emelies ord hackas sönder av gråten. "Jag fick veta det…i ett allmänt mejl…som råkade komma till mig också."

"Har Cecilia inte heller sagt något till dig?"

"Det var ta mig fan det fegaste jag hört på länge." Andreas svär inte ofta, han brukar säga att det bara är folk med dåligt ordförråd som behöver använda svordomar. "Och vad är det för jävla ledning på det där stället? Man ger väl inte bort någons tjänst till en annan!"

"Pappa, du svärde." Selma drar sin pappa i rocken.

"Förlåt gumman, jag såg inte att du var här."

"Så du får svära om jag inte är här?" Selma spänner ögonen i honom.

"Så menade jag inte riktigt. Men det var en som har varit dum mot faster Emelie och då blev jag lite arg." Andreas vet inte riktigt vad han ska göra, så han vänder sig mot grillen och låtsas fixa med något.

"Och svärde. För att du trodde att jag inte hörde." Selma vägrar ge sig.

"Ja, det var dumt." Andreas stryker sin dotter över kinden. "Gå och lek med dina kusiner nu. De åker i eftermiddag."

"Så du kan svära igen? Nähä du." Selma står kvar med armarna i kors över bröstet. Så får hon se att Emelie gråter. "Faster Emelie.

Du kan få den här." Selma sträcker fram sin hand. I den ligger en kastanj. "Den är min finaste. Men du får den så du blir glad."

Emelie ler genom tårarna.

"Tack, den var verkligen fin."

Selma ler nöjt och springer i väg till leken igen.

"Jag känner mig så sviken. Och missunnsam som inte blir glad för Cecilias skull. Men vikariatet är mitt och jag vet att jag gjort ett bra jobb." Emelie snyftar fortfarande så det är lite svårt att höra vad hon säger.

"Det är jag säker på att du har." Sandra kramar om sin syster och känner hur hela hon skakar. "Du är så förtjänt av ett bra jobb som du har slitit runt på vikariat. Jag tycker du ska söka det Lovisa tipsade om."

"Det verkar helt galet, men jag kanske gör det." Emelie ler genom tårarna.

Måndag - Magnus

"Hej Magnus."

Pappa. Han är inte alls förberedd inför detta möte. Hur har begravningsbyrån fått tag på Peter? Eller är det boendet som förmedlat informationen? Han borde väl ha förstått att de skulle ses i samband med farfars död, men inte ens han har ju vetat var pappa hållit hus. "Hej." Magnus har så många frågor och det dåliga samvetet gnager inom honom. Han sneglar i smyg på sin pappa, för att se om det finns några spår av var han kan ha varit. Men förvånande nog ser Peter hel och ren ut. Han har inte mjukisbyxor utan ett par snygga jeans och under jackan skymtar en skjortkrage fram. Det ser inte ut som att han bor på en parkbänk i alla fall.

"Ska vi gå in?" Peter håller upp dörren för Magnus och går sedan efter honom in i den imponerande byggnaden.

En man möter dem och presenterar sig som Thomas. Han skakar hand först med Peter, sedan med Magnus och beklagar sorgen. Magnus biter sig i tungan, har så svårt för det uttrycket. Sorgen är väl inget att beklaga? Att man sörjer betyder ju att man har älskat. Man kan beklaga förlusten eller beklaga att någons älskade anhöriga är död, men inte sorgen. Han känner mest av allt för att skrika rakt ut, stressen över pappas närvaro snurrar runt i magen och käkarna är spända.

"Ursäkta, men kan vi skjuta på mötet en timme? Jag skulle behöva prata i enrum med min pappa innan. Det är lite komplicerat."

"Självklart, vi finns här för er och era behov. Ni kan låna vårt samtalsrum. Vill ni ha kaffe?"

Magnus ilska avtar lite. Den här mannen är mycket professionell och inkännande. Peter ser förvånad ut, men följer tyst med in i det lilla rummet som är inrett med sköna fåtöljer, målat i harmoniska färger och med en vacker bild från en klippa vid havet på väggen.

"Varsågoda och slå er ner. Jag kommer med kaffe, sen ska ni få prata ifred." Thomas försvinner i väg och det blir tyst. Väldigt tyst.

Magnus vet inte riktigt var han ska börja. Det är så många frågor som slåss om att hinna först ut ur munnen, samtidigt vill han ge Peter en chans att säga något. Thomas kommer tillbaka med kaffet och stänger dörren efter sig.

"Vet du att jag var till pappa två dagar innan han dog? Vi pratade och det blev faktiskt en slags försoning. Vi kunde förstå varandra." Peter tittar rakt på honom för första gången sedan de sågs utanför huset.

Det var det absolut sista Magnus förväntat sig att hans pappa skulle säga och skallen snurrar så han är tvungen att böja sig fram och sätta huvudet mellan knäna för att inte svimma.

"Hur är det? Ska jag hämta ett glas vatten?" Peter lägger handen på hans axel och stryker försiktigt.

Det blir droppen och Magnus brister i gråt. Hans pappa har inte rört vid honom på det sättet sedan han var väldigt liten. Peter fortsätter klappa tafatt, men verkar inte veta vad han ska säga. Han ser sig om i rummet och hittar en förpackning näsdukar på ett lågt bord. Utan ett ord räcker han dem till Magnus som tacksamt tar emot. De sitter tillsammans i det lilla rummet och allt som hörs är Magnus snyftningar. När han efter en lång stund tittar upp ser han att även Peter gråter. Men en tyst gråt. Han räcker tillbaka näsdukarna och håller kvar sin pappas hand en kort stund. Känner sig desperat efter fysisk kontakt, har inte insett innan hur mycket han saknat det.

"Sture bjöd på bullar som han bakat med dig och en mycket förtjusande ung dam vid namn Sandra berättade han." Peter ler genom tårarna. "Jag blev så glad över att höra att du träffat någon. Och pappa var också väldigt glad för det, han sa att Sandra är din Ingrid." Peter snyter sig högljutt. "Det är stort för att komma från honom, för jag vet vilken otrolig kärlek det var mellan honom och mamma."

"Sa han verkligen så?" En värme sprider sig genom Magnus kropp. Farfar såg det som han själv också känner. Att det ska vara han och Sandra. För alltid. Klart att farfar fattade.

"Behöver ni mer tid?" Thomas gläntar på dörren och sticker in huvudet.

Har en timme redan gått?

"Ja, det gör vi, men vi kan nog ta det efter vårt möte." Magnus tittar på Peter som nickar bekräftande.

"Okej, då kommer jag in och sätter mig med er. Vill någon av er ha mer kaffe?"

Magnus tittar på bordet mellan dem där det står två orörda koppar med iskallt innehåll.

"Lite varmt kaffe vore bra, tack."

Thomas försvinner i väg och kommer strax tillbaka med rykande varm dryck.

"Jag vill börja med att ge er ett råd som jag ger till alla jag träffar. Låt inte begravningen enbart handla om sorg och saknad, utan använd den också som en start för att börja tänka på alla positiva minnen." Han tystnar och tittar på dem båda. När ingen av dem svarar fortsätter han. "Ska vi börja med att titta på datum? För vad jag förstår så har Sture lämnat väldigt noggranna instruktioner i övrigt."

"Det blir ganska dyrt det här." Peter tittar ner i marken. "Jag har inte riktigt fått ihop så mycket pengar ännu."

"Jag tror att farfar hade en del besparingar. Bör ha blivit pengar över efter att han sålde huset och han har levt väldigt sparsamt på Hagaborg."

De blir stående tysta en stund. Tittar på människorna som hastar förbi. Till slut harklar Peter sig.

"Ska du till jobbet nu eller?"

"Nej, jag är sjukskriven i två veckor."

"Ska vi äta lunch? Önskar jag kunde säga att jag bjuder, men så fort jag får ett jobb så ska jag bjuda ut dig och Sandra på en fin trerätters-middag."

"Vi kan gå till Zest, de har schyssta sallader, soppa och dumplings." Magnus ser att Peter är på väg att protestera. "Du kommer att gilla deras älgdumplings, jag lovar."

"Okej, jag antar att det finns annan mat än hamburgare. Det får bli en del av min utmaning att prova och göra saker jag inte gjort förut. Jag försöker också sluta göra en del saker jag brukat göra." Peter flinar generat.

Väl på restaurangen känner Magnus sig nästan lite blyg inför sin pappa. Det som hände på begravningsbyrån känns overkligt.

"Ska du inte fråga vad jag gör nu? Var jag bor?"

"Jag tänkte att även jag ska sluta göra en del saker jag gjort förut. Som att lägga mig i och ta ansvar för ditt liv." Magnus lägger besticken prydligt på servetten. Det måste vara ordning någonstans.

"Låter klokt. Men du ska veta att det var för att du sa ifrån som jag insåg att jag själv måste ta tag i mitt liv." Peter lägger handen på hans.

Magnus hindrar impulsen att dra till sig den. Han är fortfarande ovan vid den här sortens närhet mellan dem.

"Skönt att höra. Jag har haft mina sömnlösa nätter där det dåliga samvetet ridit mig som en mara på grund av den där kvällen."

"Det ska du inte ha. Jag är vuxen och måste stå för mina egna beslut."

Magnus känner av snurrandet i huvudet igen. Denna helomvändning är lite mycket att ta in. Som tur är kommer maten och han kan tillsätta lite energi till kroppen. Salladen är krispig och räkorna handskalade. Den lite sötsyrliga mangon bryter av fint mot de andra smakerna.

Peter tittar skeptiskt ner på sin tallrik. Så tar han ett djupt andetag och ser upp på Magnus.

"Maten är ju vacker att se på i alla fall. Jag har hört att man äter med ögonen också. Något fängelsekockarna borde lära sig." Han tar upp en dumpling, doppar den i såsen och stoppar i munnen. Tuggar koncentrerat en stund. "Fan, det här var ju riktigt gott. Det skulle farsan ha gillat, eller hur?"

Magnus skrattar.

"Jag hade med mig mat härifrån till farfar ibland. Han tyckte mycket om den."

"Tänk om vi kunde suttit här alla tre. Det hade varit fint."

Precis då får ett ljud från fönstret Magnus att vända huvudet ditåt. Där sitter en koltrast på fönsterbrädet. Magnus ler stort.

"Det gör vi nog."

När tallrikarna är tomma uppstår en stunds tystnad igen.

"Efter att du slängt ut mig drog jag hem till en gammal polare. Jag brukar få slagga där." Peter tystnar och tittar ut genom fönstret. "När jag kom in i lägenheten kände jag bara att det var misär, som han levde. Vi tog en öl eller två tills han däckade på soffan som jag skulle sovit på."

Magnus tvingar sig själv att vara tyst, bara lyssna.

"Jag sov på golvet med min kasse som kudde. Morgonen efter gick jag till soc och de hjälpte mig. Hade sån tur så det fanns en plats kvar på Krami i Örebro och kommunen kunde tänka sig att betala. Vägledningskursen började måndagen efter och idag inleds tredje och sista veckan." Peter rätar på ryggen. "Så nu är jag

Örebroare, men det är bara tillfälligt. Soc har ordnat boende där i några veckor, sen ska jag få en lägenhet i Karlstad. Och en praktikplats."

Nu kan Magnus inte hålla tillbaka tårarna längre.

"Vad glad jag blir pappa."

"Säg Peter. Eller vad fan, klart du ska säga pappa. Jag måste bara lära mig att bli en."

Tisdag - Emelie

Så där, då är ansökan skickad. Snälla ni där uppe, vem eller vilka ni nu är, det här jobbet är bara så perfekt. Om det nu finns någon kraft att ta hjälp av, de senaste åren har väckt sina tvivel. Tillbaka i Stockholm känns allt fullt av avgaser, stressade människor och betong. Bilköerna är ännu tröstlösare i novembermörkret och folk kör ännu aggressivare, som att den fuktiga dimman tränger in i deras hjärnor och påverkar dem.

Mattias vet inget om ansökan, Emelie har inte riktigt kommit på ett bra sätt att berätta. Dock blev det en mysig helg i Karlstad med familjen, så roligt att Mattias och barnen kom ner. En helg som gav mersmak. Barnen hade inte velat åka hem. Den känslan var de inte ensamma om.

Mobilen plingar till. Ett sms från Cecilia. *Har du hört om Marika?* Nej, inte ett ljud varken om Marika eller från henne. Trots upprepade mejl och sms för att få svar. Väldigt fegt att inte svara och ett underligt beteende från en chef. Cecilia messade ett antal gånger under veckan i Karlstad, men Emelie hade ingen lust att svara. Svarar inte nu heller utan är på väg att lägga undan telefonen när den ringer. Den plötsliga signalen skrämmer henne och mobilen landar på golvet. Hon får tag på den igen och ser att det är Wilmas skola. Genast griper stressen tag, fingrarna sticker och blicken blir suddig. Vad vill de? De ringer aldrig om det inte hänt något.

"Hallå?"

"Talar jag med Emelie, Wilmas mamma?" Det är Karin, skolans rektor.

"Vad har hänt?" Emelie känner hur det dunkar i öronen.

"Wilma har fått en stor sten i huvudet och behöver nog komma till ett sjukhus." Karins röst är lugn.

"Hur kunde hon få en sten i huvudet?" Emelie reser sig från stolen och börjar rota efter kläder som hon kan åka till skolan i. Mysbyxor och en urtvättad t-shirt är inte den bästa klädseln.

"En annan elev råkade kasta den på henne."

Emelie har mycket svårt att förstå hur man kan råka kasta en sten på en annan människa, men det är lika bra att bita ihop om den syrliga kommentaren.

"Var den andra eleven kanske Love?"

"Det var en elev som Wilma har haft svårt att kommunicera med. De förstår inte varandra." Karin är fortfarande lugn på rösten. Provocerande lugn.

"Om det var Love så har han mobbat Wilma ända sen han började på skolan i våras. Och ni har inte gjort något åt det." Äntligen har Emelie fått på sig kläder. Var är nu nycklarna?

"Det är nog mest missförstånd. Love vill egentligen inget hellre än att vara en del av klassen, men han vet inte riktigt hur han ska visa det."

Emelie tror inte sina öron. Menar rektorn verkligen det där på riktigt? Kvalificerat skitsnack.

"Kasta stenar på folk är i alla fall inte rätt sätt, det hoppas jag ni berättat för honom." Syrligheten går inte längre att hålla inne.

"Nu ber jag dig lugna ner dig lite. Kan du hämta Wilma eller ska vi skjutsa henne till sjukhuset?" Rektorn låter nu en aning mer stressad.

"Självklart hämtar jag mitt barn."

"Sen kanske vi kan planera in ett möte med Wilma och Love och er föräldrar så får vi hjälpa dem att reda ut missförstånden."

"Jag ser det inte som ett missförstånd att en elev utsätter en annan för upprepade kränkningar, hot och nu också våld. Ni kan glömma ett sånt möte, vi ska flytta till Karlstad!" Emelie lägger på luren.

Nu är flytten uttalad. Kanske inte så smart att säga det till rektorn innan Mattias fått veta något. Eller innan något faktiskt är bestämt. Hon kanske inte får jobbet. Emelie lyckas bara hitta bilnyckeln, lägenhetsnyckeln är som bortblåst. Den finns inte på något av de ställen där den ska eller borde vara. Tittar till och med i kylskåpet och under soffan. Men hon är tvungen att åka, slår bara igen dörren och hoppas på att ingen får för sig att känna efter om den är låst. Det finns i alla fall portkod, så vem som helst kan inte komma in i trapphuset. Hon försöker få tag på Mattias, på väg till bilen, som är parkerad flera gator bort som vanligt. Men det är bara mobilsvar. Han hade visst något viktigt möte med en kund hela dagen. Emelie vill inte vara själv med Wilma på sjukhuset, själv med all rädsla, frustration och allt ansvar. Det känns alldeles för stort just nu. Om bara mamma eller någon av syskonen fanns i samma stad.

Hon slår Cecilias nummer av gammal vana. När hon svarar kommer tårarna.

"Men Emelie, vad är det som har hänt?"

Hon lyckas förklara och Cecilia lovar att möta henne vid Wilmas skola.

Skolans röda tegelhus med blåa fönster och grästak brukar se inbjudande ut, men idag finns inte tid att njuta av det. Vägen dit är bara ett töcken, rena turen att det inte skedde en olycka, för fokus var på helt andra saker än trafiken. Utanför rektorsexpeditionen sitter Wilma med en handduk runt huvudet, en handduk som är röd av blod och en stril rinner nerför pannan. Kläderna har också antagit en röd nyans.

Rektorn ser mer stressad ut än hon lät på telefonen.

"Vad bra att du kunde komma så snabbt. Hon var avsvimmad ett tag när det precis hände, glömde jag säga när jag ringde."

"Glömde säga? Har ni ringt ambulans? Och vem har lagt om såret? Är det skolsköterskan borde hon få sparken." Emelie rusar fram och slår armarna om Wilma.

"Det är jag och en av specialpedagogerna. Vår sköterska jobbar bara måndagar och udda torsdagar." Rektorn backar några steg.

"Då är det väl jävligt synd att Love inte kastar sten bara de dagarna då." Emelies ögon blixtrar mot rektorn. "Jag kommer polisanmäla både honom och skolan för att ni inte tagit tag i det här innan."

Precis när rektorn öppnar munnen för att svara stormar Cecilia in. Hon drar efter andan när hon ser Wilma, men kopplar på sig projektledarrollen, något hon alltid gjort väldigt bra.

Innan Emelie vet ordet av är hon och Wilma i baksätet på Cecilias bil och de åker i hög hastighet. Wilma kvider tyst, men har annars inte sagt ett ord, något Emelie tycker är värre än om hon skrikit och gråtit. Hon brukar alltid ha en ström av ord och om hon inte pratar så sjunger hon. Denna tystnad är så ovanlig.

"Jag ringde 1177 i bilen på väg till skolan och de sa att skallskador på barn måste till Astrid Lindgrens barnsjukhus i Solna." Cecilia tittar på henne i backspegeln. "Hur mår Wilma?"

"Hon är så tyst, så inte särskilt bra, tror jag. Solna är jättelångt bort."

Om de vore i Karlstad skulle de varit på sjukhuset inom tio minuter.

"Jag kör så fort jag kan, det kommer ordna sig."

Efter vad som känns som en evighet, fast Cecilia kört som en biltjuv och använt både tutan och långfingret mer än hon antagligen gjort i hela sitt liv, så svänger de äntligen in framför sjukhuset. Den stora glasbyggnaden tornar upp sig framför dem. Emelie minns inte hur mycket det kostat att bygga detta, men det var en hisnande summa. Slöseri med pengar.

"Gå in ni, jag parkerar och kommer efter."

Entrén kantas av glaspartier dekorerade med något som påminner om ett kalejdoskop. Emelie hade ett som liten, undrar vart det tagit vägen? Hon älskade att sitta i timmar och titta på mönstren som förändrades och omskapades hela tiden, med hjälp av en liten vridning. Tänk om verkligheten var lika lätt att förändra.

Nej, fokus på det viktiga nu. Vart är barnakuten? Det är så många skyltar och pilar. En sjuksköterska får syn på dem och skakar på huvudet åt Wilmas handduks-bandagerade huvud.

"Följ med mig, det där behöver vi titta på rätt snart tror jag." Hon hittar en rullstol som Wilma får sätta sig i. Ganska välbehövligt för hennes ansikte är väldigt blekt nu, förutom där blodet har runnit. Påminner lite om en polkagris. Emelie skrattar till men skärper sig direkt och börjar dra rullstolen efter sköterskan som rör sig snabbt och vant i korridorer och hissar.

När undersökningen är över och det konstaterats att Wilma har hjärnskakning ser Emelie att hon har flera missade samtal från Williams fritids och från Mattias. Telefonen har varit på ljudlöst och legat längst ner i väskan medan de slussats mellan undersökningsrum och datortomografi. Wilma har kräkts ner både sina egna kläder och Emelies samt minst ett golv. Nu ligger hon i en sjukhussäng och väntar på att det otäcka såret i huvudet ska sys. Hon orkade inte ens protestera när en sköterska kom in och rakade bort håret runt omkring.

"Skulle du kunna hålla koll på henne en liten stund? Jag behöver ringa Williams fritids."

Cecilia nickar och tar stolen närmast sängen.

"Kom ihåg att hon inte får somna."

"Jadå, jag hörde när läkaren sa det. Gå och ring nu."

Emelie går ut i korridoren, tar fram mobilen och ringer upp

"Hej, det är Emelie, Williams mamma."

Åh nej, klockan är sex och sonen skulle hämtats för länge sedan.

"Hej. Vi stänger nu och William är kvar." En viss irritation hörs i fritidspedagogens röst.

"Förlåt, jag har helt glömt bort. Jag är på akuten med hans storasyster som fått hjärnskakning."

"Det låter inte bra. Vi fick precis kontakt med hans pappa som skulle försöka ta sig hit så fort han kunde."

Jäklar, hon har inte meddelat Mattias vad som hänt heller. Fokus har helt varit på Wilma. Emelie tackar fritidspersonalen och ber åter igen om ursäkt. Dags att ringa Mattias.

"Var i hela fridens namn är du? Och bilen? Och varför är William inte hämtad? Och lägenheten var olåst. Fattar du hur orolig jag varit? Eftersom jag vet att du inte mått så bra senaste månaden så trodde jag..." Mattias avslutar inte meningen men Emelie kan höra att han gråter. Hennes genomstarka man gråter faktiskt.

"Jag är på sjukhuset med Wilma, hon har hjärnskakning."

"Jag trodde du hade, inte vet jag, hoppat från en bro kanske." Det är svårt att höra vad Mattias säger för alla snyftningar.

"Men älskling, det skulle jag väl aldrig göra." Kroppen känns som den legat i ett kylskåp i timmar. Är det vad han tror? Oroar han sig för det på riktigt?

"Nu fick du mig att gråta inför en hel tunnelbanevagn också." Mattias snyter sig ljudligt. "Hur mår Wilma? Vad har hänt?"

Emelie berättar om händelsen på skolan och om såret som ska sys. Om kläderna som är fulla av kräks och om Cecilias actionfyllda bilfärd genom Stockholm. Mattias lovar att hämta William och bilen samt rena kläder och komma till sjukhuset så fort han kan.

"Vad skönt att Cecilia är med dig, så du inte behöver vara ensam tills jag kommer."

Det är sant. Att ha en vän som Cecilia är skönt. Men är hennes barn hämtade? Insikten drar igenom kroppen som en kall vind. Och mat. Det vore bra att få något i magen. I ett hörn i väntrummet står en automat, chokladkaka är kanske inte världens bästa middag, men det är vad som finns just nu.

Tillbaka inne i rummet har en sköterska dykt upp för att sy. Wilma sträcker sig efter hennes hand när hon ska få bedövningssprutan. Tappra lilla unge. Om den där Love vore här nu skulle han få veta att han levde. Cecilia får den ena chokladkakan och ett leende.

"Tack för allt. Var är dina barn nu?"

"Niklas har hämtat dem från förskolan, det är ingen fara. Klart jag är här." Cecilia tar hennes lediga hand. "Jag har saknat dig de senaste veckorna. Saknat oss."

Emelies tårar börjar rinna. Känns inte som läge att ta det här samtalet nu.

"Jag har saknat oss också. Det finns så mycket att prata om, men nu är jag för känslomässigt dränerad."

"Jag förstår det. Vill du veta vad som hänt med Marika?"

Egentligen inte, men just nu kanske det är bra med något som tar fokus från det faktum att en främmande människa sticker en nål i Wilmas huvud.

"Okej."

"De har upptäckt att hon använt jobbets kort för att betala privata grejer. Som hästfoder, kläder och resor."

"Skojar du?"

"Nej. Hon är avstängd i väntan på polisutredningen."

Marika hade alltid varit väldigt snabb på att vifta med kortet när de var ute med teamet och åt eller fikade. Emelie var van vid att göra rätt för sig och betala själv, men senaste året hade det varit jobbet som bjöd mest hela tiden. Alltid på Marikas initiativ och hon var ju chef, så det var lätt att tro att det skulle vara så.

"De kommer granska oss alla lite extra nu. Gå igenom våra kontokortsräkningar och utlägg."

Skönt att inte vara kvar i den sörjan. Tanken avbryts av ljudet från Wilmas kräkningar. Nu är även skorna täckta.

Onsdag - Sandra

"Hallå mamma, är du hemma?" Sandra går in i huset efter att ha knackat utan att få svar. "Mamma!"

Huset är tomt och tyst. Var är mamma? Dörren var olåst, så då borde hon inte vara långt borta. Kanske i trädgården? Sandra tar av sig skorna och jackan och går igenom vardagsrummet för att kunna se ut till baksidan av huset.

Men vad är det där? Hur kan den ha hamnat här, hos mamma? Kanske den ramlade ur väskan i söndags, efter Mariebergsskogen. För att det är anteckningsboken med listan över fördelarna med att vara singel råder inget tvivel om. Det är samma vackra skogsbild på framsidan. Sandra tar upp boken från soffbordet och stoppar ner den i väskan. Vill inte att någon ska läsa den nu. Inte när Magnus finns. Lusten att vara singel har helt försvunnit. Kanske bäst att bränna boken. Eller ge den till Elin, hon uttryckte viss frustration över sitt singelliv senast.

Sandra går till fönstret och tittar ut. Där är mamma, med en räfsa i handen. Lite sent att räfsa löv i november, det brukar vara klart i mitten av oktober. De brukade alla hjälpas åt när de bodde hemma och sedan fira att alla löven var borta genom att äta bullar och dricka varm choklad. Mamma har inte varit som hon brukar de senaste veckorna, det är bara att konstatera. Sandra knackar på fönstret.

"Hej gumman, vad roligt att du tittar förbi." Greta kommer in, röd om kinderna av den klara luften.

"Jag ska inte stanna så länge, men ville kolla till dig." Sandra ger sin mamma en kram och känner kylan från hennes jacka.

"Så att jag inte blivit spritt språngande galen menar du?" Greta hänger upp ytterkläderna och sparkar av sig skorna. Hon ställer dem inte på hyllan.

"Du måste förstå att jag blir orolig."

"Men du oroar dig helt i onödan. Vill du ha fika?" Greta går förbi henne, på väg in till köket.

"En snabb kopp te vore gott." Sandra går efter och slår sig ner vid köksbordet. Där står disken efter frukosten kvar.

"Jag har förresten kommit på vad jag ska ägna mig åt nu efter pensioneringen." Greta startar vattenkokaren, tar fram koppar och tepåsar.

"Okej."

"Först och främst behöver jag flytta. Huset är alldeles för stort för mig." Nu först möter Greta Sandras blick. Det finns en annorlunda glimt därinne.

"Du kanske kan ta min lägenhet. Jag och Magnus pratar om att flytta ihop." Sandra har minsann också överraskningar på lager.

"Redan, går det inte lite snabbt?" Greta ställer kopparna med rykande hett te på bordet och slår sig ner mitt emot Sandra. På den plats som brukade vara pappas och som alltid står tom, om de inte är så många runt bordet att alla platser behövs.

"Nej, vi känner båda att det är helt rätt. Allting är så annorlunda mot för med Kalle."

"Då får jag gratulera. Han verkar vara en mycket fin person, det lilla jag sett. Och jag kan se att han gör dig väldigt lycklig." Greta ler. "Jag kommer väl tillbringa en del tid i Grums när Gunnar går i pension. Han har ett litet hus där." Hon tar en klunk te. "Så en lägenhet i Karlstad kanske vore bra. Vet bara inte om jag orkar ta tag i försäljning och mäklare och homestyling." Hon suckar och skakar på huvudet.

Sandras mobil plingar till. Ett sms från Magnus.

"Jag måste gå igen mamma. Vi ska baka bullar inför begravningen på lördag. Hans farfars död har tagit väldigt hårt på honom."

"Jag ska också på begravning på lördag, vilken slump."

"Vem är det som har dött?"

"En gammal kollega. Jag och Gunnar ska dit tillsammans."

"Okej, tråkigt att höra. Vi hörs mamma. Tack för teet. Ring om det är något." Sandra böjer sig ner och ger sin mamma en kram.

"Detsamma. Hälsa Magnus så mycket. Han är fin Sandra, något helt annat än Kalle, han var rätt trist. Jag är väldigt glad att ni träffats."

"Jag med. Och Gunnar verkar också bra. Hans blick när han ser på dig är fantastisk. Du förtjänar det verkligen."

När Sandra cyklar därifrån kommer hon på att mamma aldrig berättade klart om sina planer. Men det får hon väl veta tids nog. Magnus väntar utanför hennes hus. Han har händerna fulla av matkassar.

"Är du redo för storbak?" Han ler mot Sandra. "Farfar hade blivit så glad över att vi ska servera hans bullar på begravningsfikat. Jag tror alla gäster kommer uppskatta det också."

"Vi får hoppas att vi lyckas få till det lika bra som han bara. Det är ett tungt ansvar." Sandra tar en av kassarna och de går upp för trappan. "Jag sa att mamma kan ta den här lägenheten, hon funderar på att sälja huset."

"Ska Greta sälja, det var oväntat."

"Hon har en massa förändringar på gång i sitt liv, vet inte om jag ska vara orolig eller glad."

"Det lilla jag har sett av Greta så verkar hon fullt kapabel att ta hand om sig själv. Och Gunnar verkar också väldigt bra. Han var en av de kollegor som fortfarande brukade hälsa på farfar."

Något gnager i Sandras medvetande, något mamma sa. Men hon kommer inte på vad.

"Om du går in i köket och packar upp varorna så länge så kommer jag strax." Hon ger Magnus en puss och går in i sovrummet.

Boken måste stoppas undan så han inte råkar hitta den. Hon brukar ha den i en byrålåda. Det vore ingen bra grund för ett fortsatt lyckligt liv tillsammans om han hittar listan på fördelar med singellivet. Sandra är dock lite stolt över att ha kommit på 100 saker. Ingen av dem känns viktiga just nu och flera av dem kan göras tillsammans med Magnus. Lära sig dansa tango och ta en spontanresa till Paris skulle han absolut vara med på. Sandra öppnar byrålådan där hon förvarar långkalsonger och strumpor, den tittar Magnus aldrig i. Hon lyfter upp en av högarna och ska precis placera anteckningsboken på botten av lådan, men där ligger redan något. Hennes bok. Men vad var det då för bok som fanns hemma hos mamma?

Sandra slår sig ner på sängen och öppnar pärmen. *Gretas utredning*, bokstäverna lyser från första sidan, skrivna med mammas fina handstil. Vad har hon nu hittat på? Sandra håller andan och bläddrar fram ytterligare några sidor. Läser det som står med stigande förvåning. Anteckningar om polisutredningar, listor över saker att fixa inför jakten, referat från samtal med jaktlaget. Vad är detta? Vilket jaktlag? Vad i hela friden håller mamma på med? Hon har verkligen blivit galen. Måste ringa och få svar, det här går inte längre.

"Sandra kommer du?" Magnus ropar från köket.

Just det, begravningen. Hon har lovat hjälpa Magnus, det här med mamma får vänta till efter. Hon ska precis slå igen boken när hon får se den sista anteckningen. *Kolla upp barnbarnet* står det med ovanligt slarvig stil för att vara skrivet av Greta. Vilket barnbarn?

Torsdag - Andreas

"Välkommen hem älskling." Sofie möter honom i dörren, ger honom en puss, tar hans jacka och hänger upp den. "Middagen är klar."

Andreas får känslan av att ha kastats tillbaka till en 50-tals roman.

"Oj, det här var oväntat. Har det hänt något särskilt?"

"Får man inte visa sin make lite uppskattning en helt vanlig november-torsdag utan att något särskilt måste ha hänt?"

"Det får man gärna." Andreas kramar henne ömt.

"Kom nu då. Ni brukar säga till mig att man måste komma direkt maten är klar." Selma dyker upp i dörröppningen till köket. "Nu har jag väntat jättelänge. I fyrtiofjorton minuter faktiskt."

Andreas och Sofie skrattar till.

"Självklart ska man komma direkt när det är mat. Jag måste få ta av mig skorna först."

"Ja, det måste du. För jag har kört snabeldrake hela efter-middagen så det ska vara fint."

Andreas ler åt Selmas ord för dammsugaren. Tänk om vuxna också kunde göra städningen till en lek, vad mycket roligare det skulle kännas. Han knyter av sig skorna och ställer dem i skohyllan. Tvättar händerna innan han går in i köket och slår sig ner på sin plats.

"Det doftar ljuvligt. Vad har du lagat? Inte fiskpinnar som det stod på planeringen."

"Nej, jag kände mer för att laga boeuf bourguignon." Sofie tittar på honom med ett spjuveraktigt uttryck i ansiktet. "Skicka mig din tallrik så ska jag lägga upp."

Andreas sträcker tallriken över bordet och får se ett kuvert som legat gömt under den.

"Vad är det här?" Han tar upp brevet, men inget står skrivet utanpå. "Är detta till mig?"

"Öppna får du se."

Andreas använder sin kniv för att försiktigt sprätta upp kuvertet. Inuti ligger ett ihopvikt kort med ett hjärta på framsidan. Han öppnar det och läser de fyra orden som står där. Tårarna börjar rinna och han ser på Sofie.

"Är det sant? Är det verkligen så?"

Hon har också tårar i ögonen ser han.

"Ja, det är sant. Äntligen."

Selma tittar från den ena till den andra.

"Ska vi inte äta? Varför gråter ni?" Hon klättrar ner från stolen, tar tallriken från Sofie och ger den till Andreas. "Om vi inte äter får vi ingen efterrätt och mamma har köpt tårta. En torsdag, helt knasigt." Selma hämtar sin egen tallrik och tittar uppfodrande på Sofie. "Sluta gråta då, jag vill ha mat."

"Älskade lilla unge, du ska få mat. Och tårta." Andreas rufsar sin dotter i håret. "Mamma har köpt tårta för vi har något att fira."

"Vadå, är det något med den andra Selma nu igen?" Hon himlar med ögonen medan hon klättrar tillbaka upp på stolen.

"Nej, det är vår Selma vi firar. Att du ska bli storasyster."

"Ska jag? När då? Kommer bebisen idag?"

"Nej, den kommer när det blir sommar." Sofie skrattar och torkar bort tårarna.

"Åh, vad länge. Är det därför ni gråter, för att ni inte orkar vänta?"

"Nej hjärtat, det är glädjetårar." Andreas tar en tugga av maten som smakar himmelskt.

"Ni vuxna verkar kunna gråta för allting. När ni är ledsna, arga, trötta, stressade och nu också glada." Selma lassar in en stor tugga i munnen. "Men då ska den heta Astrid, efter min favoritförfattare." Det är svårt att höra vad hon säger.

"Om det blir en pojke då?" Sofie tittar på Andreas och ler.

"Då får han heta Astrid ändå. Nu vill jag ha tårta."

"Ska vi inte ringa farmor och Sandra så de får komma och fira med oss?" Andreas vill helst av allt skrika ut nyheten över hela Karlstad. Som de har väntat. Och längtat.

"Och Wilma och William!" Selmas ögon glittrar vid tanken på tårtkalaset.

"De hinner inte ner innan tårtan är slut."

Greta, Sandra och Magnus kommer precis när de röjt undan efter maten. De slår sig ner i vardagsrummet och Andreas kommer med tårtan.

"Nå, vad är det vi firar?" Sandra sitter uppkrupen i soffhörnet bredvid Magnus.

"Vänta så får vi ringa upp Emelie också via Messenger. Jag vill att hon ska vara med." Andreas trycker fram systerns namn i appen. Hon svarar direkt.

"Hej på er! Äter ni tårta? En helt vanlig torsdag?"

"Ja, för vi ska få en Astrid." Nu kan Selma inte hålla sig längre. Grädden sprutar ur munnen när hon berättar nyheten. "Och vi måste längta och gråta ända till sommaren innan hon kommer."

Greta tittar förvirrat på Andreas och Sofie.

"Ska ni ha barn? Ett till? Jag trodde inte det gick, men har inte velat fråga."

"Nej, det har varit lite svårt, men nu så verkar det vara en liten krabat på väg." Sofie smeker sig över magen, där man med god fantasi kan ana en liten rundning. Eller så är det tårtan.

"Åh vad fantastiskt." Sandra kastar sig över sin bror och kramar honom.

"Ge honom en kram från mig med!" Emelie hojtar och jublar i telefonen. I bakgrunden hörs protester från Wilma som ligger ner-bäddad i soffan med ett stort bandage och huvudvärk.

"Grattis, fan vad roligt!" Magnus kramar också om Andreas och Sofie.

"Nu svärde du Magnus. Tänk om bebisen hör dig!" Selma tittar med allvarliga ögon på honom. "Har du sånt där dåligt ordskafferi som pappa brukar prata om."

Alla skrattar.

"Jag jobbar som lärare i svenska, så jag borde ha ett så pass bra ordförråd så jag inte behöver svära, det har du rätt i gumman."

"Då borde du också veta att gummor är jättegamla och jag är bara fem år fast jag snart ska bli storasyster." Selma tystnar, rynkar ögonbrynen och vänder sig mot sin mamma. "Hur tänkte du nu? Jag kommer börja skolan innan bebisen ska gå på min förskola. Vem ska då visa den hur allt går till? Och se till så att inte Kim tar Astrids saker?"

Sofie tar upp Selma i knäet.

"Jag är säker på att du kommer att vara världens bästa stora-syster och hinna lära bebisen allt du kan innan den börjar på för-skolan."

De sitter länge och pratar efter att gästerna gått hem och Selma somnat i soffan av utmattning.

"Jag kommer förmodligen att få ta över prefektrollen efter Fredrik. De tycker jag gör ett bra jobb som tillförordnad. Men det ska förstås röstas."

"Jag tror nog att du har kollegornas stöd. Det låter så i fika-rummet. Du har i alla fall mitt." Sofie böjer sig fram och pussar honom på nästippen. "Men vad händer med Fredrik?"

"Fler kvinnor har kommit fram och berättat om mycket all-varliga kränkningar och sexuella trakasserier, så jag tror det blir ett ganska omfattande mål i domstolen." Andreas lägger armen om Sofie och hon makar sig närmare honom.

"Det är märkligt hur vissa bara får hållas, tills någon säger ifrån."

"Ja, tyvärr krävs ibland ett extremt mod från en människa för att saker ska komma upp till ytan."

De sitter tysta, nära ihopkrupna under en filt.

"Vad fina Magnus och Sandra är tillsammans." Sofie bryter tystnaden.

"Ja, han verkar, trots det som hänt med Sture, lycklig för första gången sen jag lärde känna honom." Andreas smeker tankfullt Sofies axel.

"Hur menar du?"

"Jag har alltid haft känslan av att han har ett mörker som hänger över honom, jag kan inte riktigt förklara. Vet att han har grubblat över något och att han ofta sovit dåligt och drömt mycket mardrömmar."

"Vad fint att han och Sandra hittat varandra nu då. Hon verkar också lyckligare än hon var med Kalle." Sofie gäspar stort.

Selma gnyr lite i sömnen.

"Så, det är en liten Astrid därinne alltså?"

"Har Selma sagt det, så blir det väl så."

Fredag - Emelie

"Älskling. Idag när jag hämtade Wilma på fritids frågade Lotta när vi flyttar." Mattias tittar upp från tallriken och ser rakt på Emelie. "Jag visste inte ens att vi ska flytta."

Fan, fan, fan. Hur kan Lotta ha fått veta? Just det, ett svagt minne dyker upp i Emelies huvud. Ett minne av att ha skrikit något om en flytt till rektorn i samband med sten-incidenten. Men Mattias vet inget. Hon har verkligen tänkt berätta för honom, men väntat på rätt tillfälle. Och det verkar aldrig infinna sig. Något annat kommer alltid emellan. Men nu får väl lov att vara rätt tillfälle. Barnen har ätit klart och gått in på sitt rum. I vanliga fall skulle de ha tittat på Barnkanalen och Idol, men Wilma ska undvika TV och andra skärmar ett tag efter hjärnskakningen. Så ikväll ska de faktiskt spela brädspel så fort de röjt undan efter maten. Emelie ser fram emot det.

"Älskling, har du sagt att vi ska flytta?" Mattias tittar forfarande på henne.

"Jag kan ha råkat säga till rektorn att vi ska flytta till Karlstad." Emelie möblerar runt sakerna på bordet. Byter plats på saltet och mjölken. Flyttar tillbaka dem igen. Allt för att undvika att möta hans blick.

"Råkat säga. Varför det?"

"Hon ville få till ett möte med Love och hans föräldrar och jag fick panik." Emelie borstar bort några smulor från bordet och lägger dem på tallriken.

"Men hur kom du på att säga att vi skulle flytta? Och just till Karlstad?" Mattias lägger sin hand på hennes för att få henne att titta upp.

"Det kan hända att jag blivit kallad till en intervju." Emelie hör själv hur svävande hon låter. Dags att skärpa till sig. Sanningen är det bästa.

"En anställningsintervju? Men man blir väl inte kallad på intervju om man inte sökt jobb." Mattias ger sig inte.

"Nej, så är det nog." Emelie reser sig och börjar duka av bordet.

"Har du sökt jobb i Karlstad?" Mattias är som en sådan där liten hund, som aldrig ger upp. En bjäbbig sak.

"Ja, jag har visst det." Emelie sjunker ner vid bordet. Ser dess repiga yta, fullt av märken från när barnen var bebisar och hackade med besticken. De har pratat om att köpa nytt bord, när de har råd att flytta till större.

"Men Karlstad är ju jättelångt bort. Du kan inte pendla dit."

"Nej, jag vet. Men Lovisa tipsade mig om ett jobb och det är verkligen perfekt för mig."

"Så du har sökt arbete i Karlstad utan att säga något?"

"Jag skulle berätta, men sen hände det här med Wilma och så har allt bara rullat på." Nu först tittar Emelie upp och möter Mattias blick. En tår rinner nerför kinden. Hon stryker snabbt bort den.

Mattias sitter helt tyst. Hans tystnad är värre än alla frågor. Så otroligt dumt att inte hon berättat.

"Jag tror faktiskt att jag längtar hem. Kände det när vi var där. Jag vill vara nära mamma och mina syskon. Vill ge barnen möjligheten att umgås med sina kusiner, att kunna gå till skolan, ha kompisar de kan ta sig till själva, bada i älven som vi gjorde när vi var små."

"Längtar du dit nu? Förut har du alltid längtat därifrån. Det var ju en av anledningarna till att vi flyttade till Stockholm."

"Men du då, trivs du här? Kan inte du längta hem ibland?" Emelie tar Mattias hand i sin och smeker den sakta. "Jag tycker inte att livet blev som jag drömde om."

"När du säger det så. Det är mycket bilköer och stress. Men tror du att livet skulle bli annorlunda i Karlstad då?"

"Jag vet inte. Men Wilma har det inte jättebra i skolan här och William tror jag skulle vilja bo närmare naturen. Och i Karlstad skulle vi ha råd med ett boende där de får varsitt rum."

"Vilken galen tanke. Men bra på något vis. Ska vi flytta alltså?" Mattias ler och en sten faller från Emelies axlar.

Det var länge sedan de haft ett sådant här samtal, bara suttit ner i lugn och ro och pratat.

"Vad roligt att du kommit till intervju. Vad är det för jobb?"

"Som administratör på Fastighetsmäklarinspektionen. Enligt Lovisa är arbetsplatsen jättebra. Och arbetsuppgifterna verkar passa mig perfekt. Jag är så glad över att ha blivit kallad till intervju. Har sökt mer än 80 jobb senaste tiden och inte hört något från de andra."

Emelies telefon ringer.

"Hej mamma, har det hänt något?"

"Nej då, jag vill veta hur Wilma mår?" Gretas trygga röst får ögonen att tåras.

"Hon mår bättre. Såret läker som det ska och huvudvärken är inte lika intensiv. Men hon är fortfarande hemma från skolan. Hur är det i Karlstad då?"

"Precis som vanligt." Gretas röst har en annan ton än den brukar.

"Jag hör att det är något."

Vad är det nu som har hänt? Är mamma på sjukhus igen? Är det något med Sandra eller Andreas? Fingrarna börjar sticka.

"Jag har kommit på vad jag ska göra som pensionär."

"Äntligen! Blir det något av allt jag tipsade om? Kör, keramik eller bingo?" Emelie blir ivrig.

"Ja, på sätt och vis. Fast jag ska hålla i det. Tänkte börja åka runt till boenden och erbjuda de som bor där roliga aktiviteter."

Emelie vet inte vad hon ska säga. Men det gör inget, för Greta har visst mer att berätta.

"Och så ska jag sälja huset och ta över Sandras lägenhet."

"Ska du sälja huset?" Emelie drar efter andan. "Men det är vårt barndomshem. Vi har haft alla våra kalas där och vi sprang ner till älven på kvällarna och badade. Pappa finns i vartenda hörn också." Hon tystnar för att andas. "Mattias och jag hade sex första gången i mitt flickrum i det huset."

Mattias tittar roat på henne över köksbordet.

"Det där var kanske lite väl mycket information älskling." Han är lite röd om kinderna.

Greta är helt tyst i andra änden. Hon håller nog med.

"Du kan inte sälja mamma, inte när vi precis bestämt att vi ska flytta hem igen."

"Ska ni flytta hem? Till Karlstad? Åh, vilken fantastisk nyhet!" Greta nästan skriker i Emelies öra. "Men då kan ni ta huset. Det är mycket större än er lägenhet i Stockholm."

Emelie tror inte sina öron, hon blir helt tyst och nu börjar tårarna rinna. Mattias tittar oroligt på henne och tar försiktigt telefonen.

"Hej Greta, Mattias här. Vad händer?"

"Jag sa till Emelie att ni kan ta huset. Ja, eller ni behöver kanske köpa det, så de andra inte känner sig förfördelade. Men såklart för en symbolisk summa." Greta tystnar.

"Jag tror Emelie blev lite chockad, men glad. Det är ett otroligt generöst erbjudande. Vi har inte riktigt landat i flytten ännu, bestämde oss precis innan du ringde."

"Men hur blir det med arbete och annat?"

"Mitt jobb har en filal i Karlstad så det borde lösa sig. Emelie är kallad på intervju till en spännande tjänst." Mattias reser sig och börjar duka av medan han pratar.

"Och vad säger barnen?"

"De vet inget ännu. Men de trivdes väldigt bra i helgen."

"Har ni berättat för de andra?" Gretas röst är väldigt ivrig.

"Om du menar Emelies syskon och mina föräldrar, så nej. Vi bestämde oss nyss. Vill prata med barnen först."

"Då ska jag försöka hålla tyst, även om jag helst av allt vill ställa mig på toppen av Domkyrkotornet och skrika ut det!"

Mattias skrattar när han ser bilden framför sig av svärmor som en slags Jesus på korset högt däruppe över Karlstad.

"Jag tror du ska hålla dig på marken. Det blir nog bäst för oss alla. Men Emelie kommer ner i veckan, för intervjun. Du får prata med henne igen." Mattias räcker över luren till Emelie som hunnit lugna ner sig lite.

"Är det inte läge att säga att vi gjorde det i din och pappas säng också en gång?" Hon ler stort och känner sig busigt glad för första gången på väldigt länge.

Lördag - Sandra

Undrar hur många gråtande människor som passerat under kyrkans hundra år? Nu kommer de öka på den statistiken. Magnus har gråtit sedan han vaknade och hela bilresan till Forshaga. Kyrkan är väldigt vacker med långsidan täckt av någon slags klätterväxt. De kliver ur bilen och går mot ingången, som är belägen i torndelen. Magnus ville vara här tidigare, för att kolla att allt är iordningställt och få ta ett enskilt farväl.

Sandra undrar om Peter kommer och i vilket skick han är? Hoppas verkligen att han har genomgått den förändring som Magnus berättade om i måndags, men det märktes också att han inte riktigt tror på det. Att han blivit besviken förut. Hon tar hans hand när de går in genom porten.

Vilken fantastisk kyrksal. Det ljust gröna träklädda taket med tjocka bjälkar. Blyinfattade fönster med handmålade nischer. Innan altarringen är en dekorationsmålad portal och altartavlan är snidad och ser ut att vara flera hundra år gammal.

Vid kistan håller två personer från begravningsbyrån på och lägger ut de sista blommorna samt fotograferar.

"Välkomna. Hoppas ni tycker att allt ser ut som Sture önskat." Mannen kommer fram till dem.

"Det ser jättefint ut, tack Thomas för allt ert jobb." Magnus skakar hans hand.

"30 personer har anmält sig till minnesstunden efteråt. Det är ovanligt många för en människa i Stures ålder. Han måste verkligen varit en speciell person."

"Det var han." Magnus tar ett djupt andetag.

"Vilken fin färg på kistan." Sandra lägger armen om honom.

"Ja, farfar var mycket tydlig med att den skulle vara uniformsblå, som han skrev. Fast i katalogen beskrevs den som midnattsblå." Han ler genom tårarna.

"Och kistdekorationen känns verkligen som en höstskog." Sandra tittar på den varma kaskaden av liljor, rosor, krysantemum, nypon och blad i höstfärger som pryder kistan. "Så mycket Sture."

"Det är därför jag älskar dig. Bara efter två gånger så har du hunnit förstå farfar." Magnus pussar henne på kinden. "Jag skulle vilja prata ensam en stund med honom om det är okej."

Begravningsfolket har redan diskret dragit sig tillbaka till vapenhuset.

"Jag kollar gärna in altartavlan om jag får vara kvar härinne."

Magnus nickar och ställer sig vid kistans huvudände.

Altartavlan har ingen Jesus på korset utan verkar fokusera på uppståndelsen. Det är en massa vackert snidade detaljer och Sandra går närmare för att se. En text står längst ner. *Jag War Död, Och Sij, Jag Är Lefvande Ifrån Evigheet til Ewigheet* och *Jag Weet Att Min Förlosare Lefwer, Och Han Skall På Sidstonne Uppweicha Mig af Jordene.* Ett årtal står också där, 1696. Det är svindlande länge sedan. Sandra sugs in i detaljerna och står kvar tills hon hör kyrkporten slå igen. Börjar gästerna komma redan? Hon vänder sig om för att se efter.

In genom dörren kommer en man som är mycket lik både Magnus och Sture. Hans kostym är något nummer för stor och skjortan är lite skrynklig. Men det syns att han har ansträngt sig. Den vita slipsen håller han i handen.

"Hej Magnus. Skulle du kunna hjälpa mig?"

Sandra ser sin älskade gå fram till sin pappa och med vana rörelser få till en perfekt slipsknut.

"Tack. Jag har aldrig riktigt lärt mig."

"Det är lugnt."

"Du måste vara Sandra." Peter har upptäckt henne framme vid altarringen.

"Ja." Sandra skyndar dit och sträcker fram handen.

Peter tar den, han har ett fast handslag och ser henne rakt i ögonen.

"Jag är väldigt glad att Magnus har träffat dig. Jag förstod av farsan att du är det bästa som hänt honom."

"Han är det bästa som hänt mig också." Sandra smeker Magnus kind. Så vänder hon sig till Peter igen. "Vill du att vi lämnar dig ensam med Sture en stund?"

"Ja, det vore snällt. Känns lite överväldigande att vara i den här kyrkan igen." Peter ser sig omkring. "Jag har inte varit här sen vi begravde mamma när jag var typ 13."

"Jag har med mig en bukett som vi kan sätta på farmors grav."

Utanför kyrkan börjar det komma bilar till parkeringen. Sandra ser Anna och Aisha som håller på att ta fram rullatorer ur bakdelen på en minibuss. Vad fint att de kommer och att de har med ett helt gäng av de boende. Några bilar verkar innehålla jaktkompisar och i vissa fall även deras familjer. Sture har verkligen betytt något för många människor och det ligger visst något i att jaktlaget blir som en andra familj. Flera av gästerna har polisuniform. Just ja, Sture har varit polis. Någonstans i bakhuvudet gnager något, men det vill inte komma fram och forma en färdig tanke.

De skakar hand och välkomnar alla. Magnus har tagit på sig en professionell min, men Sandra ser att det bara är en mask. Vet att det är kaos av känslor innanför. Tänk vad fort de har kommit nära. Vad fort hon lärt sig läsa av honom.

"Bäst vi går in, begravningen börjar om några minuter." Hon tar tag i hans hand och ger den en lätt tryckning.

"Jag behöver en kram först." Magnus sträcker ut armarna och Sandra kramar honom.

"Men vad gör ni här?"

Den mycket bekanta rösten får Sandra att släppa Magnus och vända sig om.

"Mamma."

Greta står där bredvid Gunnar, också han i uniform.

"Vi ska begrava Sture, Magnus farfar, det vet du ju. Men vad gör ni här?"

"Sture var den kollega jag pratade om." Greta ser från den ena till den andra. "Jag visste inte att du var *den* Magnus."

"Jag visste inte att du också jobbade med farfar." Magnus skakar hand med dem båda.

"Vi kände varandra långt tidigare. Min far var med i samma jaktlag innan han dog." Greta ser rakt på Magnus.

"Var han? Jag var med dem ut några gånger. Vad hette han?"

"Ingemar."

Magnus blir kritvit och sjunker ner på marken. Han slår händerna för ansiktet och jämrar sig. Sandra ser först på honom, sedan på mamma. Vad händer? Vad spelar det för roll vad morfar hette? Hon har inga jättetydliga minnen av honom, mer än att han hade ett bullrigt skratt och alltid bjöd på choklad.

Greta sätter sig på huk framför Magnus och tar hans händer i sina.

"Jag vet. Sture berättade."

Magnus lyfter blicken och möter Gretas.

"Vet du? Allt?"

"Ja." Greta smeker honom över kinden.

Vad har Sture berättat? Vad vet mamma? Kan någon förklara vad som händer? Orgelmusik strömmar ut från kyrkan. Är det läge att ta det här nu?

Magnus har slagit händerna för ansiktet igen. Greta tar varsamt tag i dem och får honom att möta hennes blick en gång till. Länge ser de bara på varandra. Så börjar kyrkklockorna ringa i tornet ovanför dem.

"Jag vet allt. Och jag har förlåtit. Nu går vi in och tar farväl av en mycket fin människa." Greta hjälper Magnus upp och ger honom en kram. Så tar hon armkrok med Gunnar och de går tillsammans in i kyrkan.

Magnus torkar tårarna på kavajärmen och går efter.

Vad i hela fridens namn var det där?

"Vad fint det blev." Sandra tar Magnus hand i sin.

"Ja, farfar skulle varit jättenöjd. Men så hade han bestämt allt själv också." Magnus skrattar till.

De är på väg mot församlingshemmet. Greta och Gunnar går strax före dem. Gruset knastrar under deras fötter och det luktar av jord och förmultnade löv. Många av gravarna de går förbi har fortfarande vackra kransar efter helgen som varit. Utanför huset står några av jaktkamraterna och samtalar lågmält. Greta stannar upp och verkar vilja vända och gå.

"Kristina, är det du?"

"Åke, nu tror jag du tar fel på person. Det där är min svärmor Greta." Magnus låter samlad på rösten.

Kristina, det namnet känner Sandra igen, det har kommit upp förut. När mamma precis hade svimmat och Gunnar kom på besök. Vad är det här egentligen?

"Men jag ser väl att det är Kristina, eller hur gubbar?" Åke tittar på de andra.

De övriga från jaktlaget hummar och nickar.

"Vi har jagat ihop i en vecka, klart jag känner igen henne."

Jagat? Skulle mamma ha jagat? Det snurrar rejält i Sandras huvud. Samtidigt dyker vissa av orden från boken hon hittade upp. Där stod det om jaktlag, gjorde det inte?

"Du försvann rätt snabbt när vi åt middag." Mannen ser först på Greta, så ner på sina skor. De är lite leriga. "Men nu kan jag förstå varför. Jag känner ju igen dig med." Han tittar upp igen, på Gunnar denna gång.

"Nils, jag är hemskt ledsen för det." Greta stryker undan en hårslinga som smitit från den prydliga håruppsättningen. "Jag menade inte att såra dig."

"Greta, vad är det här?" Magnus rynkar på ögonbrynen. "Varför kallar farfars jaktkompisar dig för Kristina?"

Greta tittar på Gunnar som nickar. Sedan tar hon ett djupt andetag.

"Jag låtsades vara en Kristina för att kunna ta reda på vad som hände min pappa. Det som kändes som en bra idé från början blev bara en himla röra till slut och jag var helt intrasslad i lögner från topp till tå."

Så det var vad anteckningarna i boken handlade om. Att mamma lekt privatdetektiv för att ta reda på hur morfar dog.

Alla männen bara står och stirrar på Greta, med halvöppna munnar.

"Det var verkligen inte meningen att lura er. Men jag kommer att lämna min plats i laget nu när jag vet. Egentligen är jag vegetarian och hatar jakt." Greta skrattar till. "Nils, du kan få min utrustning om du vill. Så kan din systers barnbarn använda det när ni ska ut i skogen. Jag behöver bara behålla kläderna, till en idé jag har fått."

"Men vem är din pappa? Och vad hände med honom." Åke är den som återfår talförmågan först.

"Min pappa hette Ingemar och vad som hände tror jag de flesta av er vet, om inte alla. Om ni förlåter mig så förlåter jag er." Greta vänder sig om och går in genom dörren till församlingshemmet.

Söndagen den 7:e november 1993 - Magnus

Orka sitta hela dagen i skogen med en massa gubbar. Polarna ska ses och spela Super Nintendo. Men farfar har bestämt att det är älgjakt som gäller. Om morsan funnits kvar hade denna dag tillbringats i Krilles gillestuga, som vanligt. Hon brydde sig inte så mycket, ville gärna ha en lugn söndag. Ibland fanns hans farsas öl kvar sedan kvällen innan, oftast blev han så full så han inte tänkte på om det försvann några flaskor. Krille hade det jävligt bra. Ingen snutfarfar som har full koll på hans minsta steg.

Magnus sparkar till en kotte så den flyger in i ett träd.

"Ssccchhh, det gäller att vara lite tyst om man ska få se djur." Åke spänner ögonen i honom.

"Tror du jag bryr mig?"

"Det borde du göra. Din farfar ställer upp mer än vad man kan förvänta sig."

"Jag har inte bett han."

"Åke, ge grabben en chans. Har du inte själv varit 13 år?" Ingemar sträcker fram en chokladkaka som han precis tagit upp ur sin ryggsäck. "Här, ta den här. Det är alltid bra med lite extra energi i skogen."

Magnus tar emot chokladen med en liten nick, stoppar den i fickan och vänder sig bort. Drar med vanten under näsan.

"Vad pratar ni om?" Sture kommer från bilen, har hämtat en grej han glömde.

Magnus blänger under lugg på honom. Han måste som vanligt lägga sig i. Kontrollera minsta lilla sak. Det går inte ens att skita ifred, för då är farfar där och knackar på dörren och undrar om allt är okej. Klart som fan inget är okej. Det är inte det när ens mamma dör. Och pappa firar med ännu en sväng på kåken.

"Inget som du behöver bry dig om."

"Unge man, vi har pratat om hur man svarar folk." Sture tittar intensivt på honom. Magnus går i väg. Lutar sig mot en tallstam. Ryggen mot gubbarna. Men tyvärr fortfarande inom hörhåll.

"Nu måste vi sätta fart om vi ska komma till älgtornen innan det blir dagsljus." Åke börjar gå bort genom skogen.

Jävla märkligt detta, att lufsa runt i en iskall skog i gryningsljus. När man kan ligga i sin varma säng och sova.

"Då ses vi till lunch då." Ingemar tar på sig ryggsäcken igen. "Jag fick med mig en härlig matlåda från min dotter igår."

"Ja, Greta är bra på att laga mat. Brukar känna spännande dofter från hennes tallrik i lunchrummet." Sture klappar sig på magen. "Ingrid var också fenomenal på matlagning. Jag håller på att lära mig nu när jag har fler än mig själv att laga till." Han tittar åt Magnus håll. Han står och sparkar på en stubbe en bit bort.

"Ja, ni kan väl inte leva enbart på dina bullar förstås." Ingemars ögon får skrattrynkor. "Sen barnen kom har Greta börjat laga kött också. Innan var det bara grönsaker."

"Ja, tänk att en mästerjägare som du har fått en vegetarian till dotter." Sture flinar. "Ibland faller äpplet långt från trädet."

"Hur är det med barnbarnen Ingemar?" Lennart fäller ihop den inbyggda stolen i ryggsäcken.

"Det är bara bra. Den yngsta, Sandra, fyller 4 nästa vecka. Otroligt så fort tiden går när man tänker på det."

Magnus suckar och sätter sig ner på stubben. Typiskt gubbar att prata om att tiden går fort. Det och vädret. Och att allt var bättre förr, när de var unga. På typ stenåldern då.

"Kan du hålla det här? Jag ska knyta skorna ordentligt innan jag går i väg." Nils går bort till Magnus och räcker över geväret.

Kan han inte hålla sitt gevär själv? Är väl ingen slav åt honom heller. Magnus reser sig långsamt och tar emot vapnet, men håller på att tappa det. Tar tag med båda händerna.

Han lägger upp geväret på axeln som han sett Sture göra så många gånger. Siktar mot en stolpe som meddelar att obehörig trafik är förbjuden. Känner tyngden. Kisar lite för att se bättre i siktet. Stolpen är en älg som majestätiskt kommer gående över vägen. Fingret på avtryckaren.

Hela världen exploderar och Magnus ligger på marken. Det ringer i öronen. Skakar på huvudet, försöker få ringandet att upphöra. Uppfattar ljudet av springande steg. Människor som skriker. Vad hände?

"Vi måste stoppa blödningen. Helvete!"

"Gör något då!"

"Han förblöder!"

Magnus känner efter var det blöder. Var skadan sitter. Men inget blod och ingen smärta. Bara detta eviga ringande i öronen. Skulle ha varit i Krilles gillestuga istället.

"Hämta förbandslådan i bilen."

Steg springer förbi, nära huvudet. Vad är det som händer? Vem blöder?

"Vi måste ringa ambulans."

"Vad fan ska vi säga till dem?"

"Hur kunde du ge honom ett osäkrat gevär?"

"Jag var helt säker på att det var säkrat."

"Det måste varit en rikoschett."

"Vad händer här? Jag hörde skott." Åke kommer springande genom skogen. "Vad har ni gjort?"

Magnus sätter sig långsamt upp och ser sig omkring. Gubbarna sitter på huk en bit bort. Ett par fötter sticker fram bakom dem.

Vem saknas? Farfar är där, han håller händerna för öronen och skakar på huvudet. Verkar mumla för sig själv. Åke gör hjärt-lung-räddning, Lennart håller på och kränger av sig sin jacka för att bre över den som ligger på marken och Nils har förbandslådan. Ingemar. Chokladkakan bränner i fickan.

"Vi förlorar honom." Åke ser upp på de andra.

"Någon måste åka och larma ambulans." Nils ställer ifrån sig den röda lådan.

"Det kommer bli en massa frågor. Vi behöver tänka ut vad vi ska svara." Sture reser sig upp och skakar på sig, som en hund efter ett bad.

"Vad var det som hände?" Åke stannar upp och känner på handleden efter pulsen. "Han är borta." Han knäpper Ingemars händer på bröstet. Reser sig och tar av kepsen. De andra gubbarna följer hans exempel och de blir stående helt tysta.

"Fan! Hur ska jag kunna se Greta i ögonen på jobbet?" Sture blir den som bryter tystnaden. Han snörvlar till.

"Vi måste ta hit polisen. Och en ambulans." Åke tar på sig kepsen igen. Han ser på dem alla. Först nu upptäcker han Magnus. "Hur är det med dig? Är du också skadad?"

Magnus sitter kvar. Stirrar framför sig. Det här händer inte. Det är inte på riktigt.

Sture får också syn på honom. Han torkar ögonen och går mot sitt barnbarn. Räcker Magnus handen och hjälper honom upp.

"Är du okej?"

Magnus svarar inte. Han kniper ihop ögonen och darrar i hela kroppen. Frukosten åker upp och ner i matstrupen och axeln smärtar. Mamma.

"Polisen?" Sture vänder sig mot Åke. "Jag är polisen. Fattar du? Och en ambulans kan inget göra. Helvete!" Stures ansikte är ask-grått. Han ser sig omkring.

"Kan alla avlossa ett skott med sina bössor?"

De andra tittar förvirrat på varandra men tar lydigt upp bössorna. Nils ser sig om efter sitt gevär tills han upptäcker det på marken bredvid Magnus. Han svajar till.

"Vi ser det som att vi skjuter salut. För en bra karl. En jävligt bra karl."

Fyra skott ekar genom skogen och skrämmer upp ett gäng kråkor som sitter i ett träd. De far skränande bort mot lugnare delar av skogen. Kvar blir bara en intensiv tystnad.

"Åke, nu kan du strax larma." Sture undviker att titta mot Ingemars håll. "Men jag önskar att få ta grabben med mig och åka hem. Om ni kan låta bli att säga att vi var här idag vore det bra." Sture lägger armen om Magnus som skakar i hela kroppen.

Gubbarna ser på varandra och nickar sedan långsamt.

"Och torka för i helvete av hans fingeravtryck från ditt gevär Nils. Ingen av er vet vem som sköt, okej?"

Magnus försöker ta ett steg framåt, men vinglar till och sjunker ihop. Det är inte okej. Frågan är om någonting någonsin kommer bli okej igen. En människa till är död. Det är aldrig okej.

FÖRFATTARENS EFTERORD

Denna bok utspelar sig hösten 2020, ett år som färgades av Corona, men jag har medvetet valt att utelämna pandemin.

Platserna som beskrivs finns alla på riktigt, många av dem har jag besökt på mina researchresor, andra har jag upplevt via google maps. Karlstad och Värmland har helt klart fått en plats i mitt hjärta.

Personerna är alla sprungna ur min fantasi, förutom Maria "Vildhjärta" Westerberg, som gått med på att jag får skildra hennes magiska värld i boken. Det Maria säger i boken är hämtat från vårt besök samt från intervjuer jag sett i mina efterforskningar. Tack för besöket och inspirationen.

Jag har världens bästa familj, som stöttat mig i mina författardrömmar, åkt med på galna researchresor, peppat och trott på mig. Tack Daniel, Tyr, Mattis och Tindrali för att ni finns.

Att vara arbetslös i coronatider visade sig vara rätt svårt, men jag beslutade mig för att ta tag i mitt skrivande och hittade Jorun Modén som hjälpte mig en bra bit på vägen via sina författarkurser, sin kunskap och skarpsynta feedback, tack för det.

Under kurserna fick jag mycket värdefull feedback och hjälp framåt av andra deltagare, ni vet vilka ni är, tack för allt!

Greta skapades under en gemensam övning tillsammans med Jenny Elfving, som sedan lät mig ta vår skapelse och skriva fram hennes liv. Jenny har också senare varit ett mycket värdefullt bollplank och denna bok hade inte varit det den är om det inte vore för henne. Tack snälla, jag längtar efter att få läsa dina böcker.

Efter kursen skapades en författargrupp bestående av Emma Andersson, Johanna Arvidsson, Birgitta Nilsson och Emilie Törneman. Våra måndagsträffar har varit väldigt värdefulla, vi har växt och utvecklats tillsammans och jag ser fram emot era böcker när de ges ut. Tack för att ni är ni.

Det är viktigt att ha några som ser texten med helt nya ögon när man själv tror att den är färdig. Mina testläsare tog sig tid att läsa och ge kommentarer, som alla bidragit till att boken blivit väldigt mycket bättre. Tack Lova Widmark, Kirsten Fredin, Linda Gabrielsson, Daniel Normark, Katharina Widmark, Jessica Samuelsson, Margareta Zetterholm, Carolina Hytter och Charlotte Lindfors.

Att skriva om jakt och jägare var inte helt lätt när man aldrig rört sig i sådana sammanhang. Tack lillebror Jonas Asplund för att du varit ett bollplank och Bengt Undén som läste igenom kapitlen om jakt och kom med värdefulla synpunkter.

Jag har heller aldrig varit polis, så tack Magnus Ekman för att jag fick ställa frågor om polisarbete och för att du bjöd på din kunskap, trots en stressad arbetssituation.

Idén om jaktsimulator på trygghetsboendet kommer från Linda Åkergren, verksamhetsutvecklare på Vuxenskolan. Tack för att Greta fick sno den idén och för vårt samtal. Hoppas ni kan komma i gång med verksamheten igen efter pandemin. I samband med detta vill jag också tacka Kjell Stjernholm som satte mig i kontakt med Linda.

Att få ett mail, bara två veckor efter att man skickat ut manuset till förlag, det var magiskt. Tack Martina Nobel och Lind & Co för att ni tror på min bok och hjälpt mig förvandla den till ljudbok. Denna släpps 12/9 2022. Tack Emma Graves för ett fint omslag och Hedvig Lagerkvist för bra uppläsning.

Låttexterna som nämns i boken är *Would I lie to you* av Charles & Eddie och *Honesty* av Billy Joel.
Boken innehåller också ett citat från Selma Lagerlöfs *Gösta Berlings saga*.